悪戯猫の所業を、白い手をとって両手首をまとめて頭上に縫いつけることで諌めれば、下から挑発的な視線が上げられた。

境《きょう》涯《がい》の枷《かせ》

妃《ひめ》川《かわ》 螢《ほたる》

ILLUSTRATION
実相寺《じっそうじ》 紫子《ゆかりこ》

人物相関図
Characters' interrelations

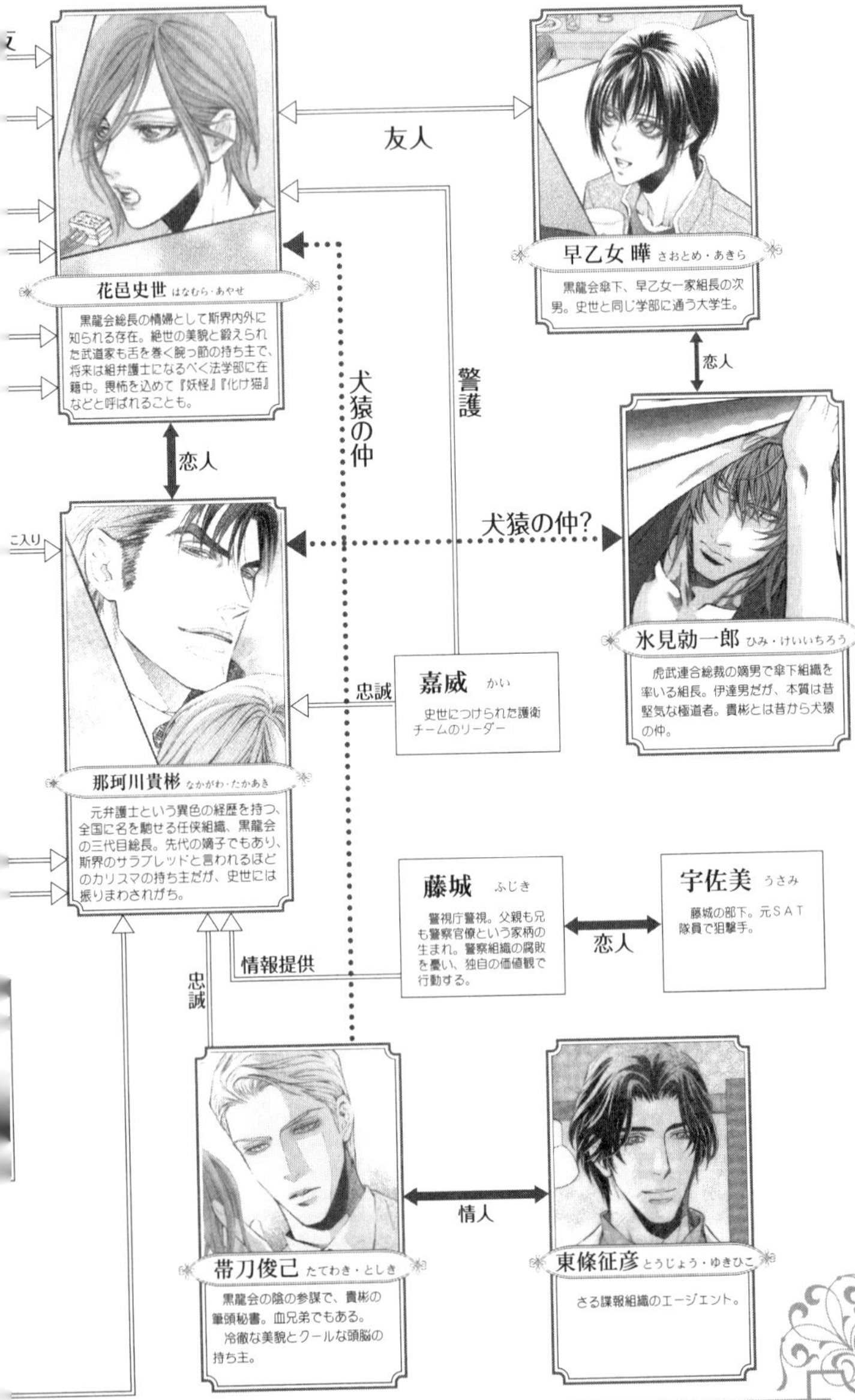

恋人

友人

高野怜司 たかの・れいじ

黒龍会傘下、松木一家組長代理。総長の警護責任者で組織のＮｏ．３。地獄《じごく》という組織を率い暴走行為に身を窶していた若かりし頃、史世の母と面識がある。

木庭晁陽 こば・あさひ

詐欺に遭い途方にくれていたところを高野に拾われた堅気の青年。大学生で史世の友人でもある。
一向に減らない愛猫の体重が最近の気がかり。

友人

新見 秀 にいみ・すぐる

史世の中学時代からの友人。医学部在籍。高校時代の養護教諭と同棲中。

ペット

茶々丸 ちゃちゃまる

晁陽の飼い猫。茶トラ。デブ猫街道邁進中。獣医のすすめでダイエット中だが、成果はまったく出ていない。

昔仲間

剣持 貢 けんもち・みつぐ

黒龍会傘下、斉木一家組長代理。先代の喪が明け次第継承予定。警備保障会社経営。高野とは昔からの知り合いで、当時から肩を並べる存在だった。

恋人

浅見稜人 あさみ・たかと

斉木一家前組長の落とし胤。刑事の養父母に育てられる。元警察キャリアで、在職中は監察官として辣腕を揮っていた。

お気に入り

お気に入り

徳永保元 とくなが・ほうげ

テキヤ系組織、幸心会会長。貴彬に目をかける斯界の重鎮。

神崎 かんざき

神崎法律事務所のボス弁で、黒龍会の顧問を務める老獪なベテラン弁護士。弁護士時代の貴彬の上司でもある。

顧問弁護士

天瀬礼誓 あませ・ゆきちか

神崎法律事務所所属の弁護士。元検察官。法曹界では知られた家柄の出。

恋人

角鹿 勇 つぬが・いさみ

黒龍会傘下角鹿一家の幹部。記憶喪失で彷徨っていたところを先代に助けられる。本名：九頭見勇人

忠誠

九条 周 くじょう・あまね

黒龍会傘下九条一家の組長代理。先代の嫡子。史世を本能的に怖れている。

恋人

祠室勇誠 しむろ・ゆうせい

黒龍会傘下九条一家の組幹部。周の幼馴染みで腹心の部下でもある。

小田桐 おだぎり

国境なき医師団に所属する医師。初対面で史世を女性と誤解して口説こうとする。

忠誠

CONTENTS

境涯の枷

境涯の枷

COLD FETTER

【境涯】きょう・がい——この世に生きていく上でおかれている立場。身の上。境遇。

プロローグ

世のなかには、知らないほうが幸せなことが、数多く存在するものだ。大人なら誰《だれ》だって、社会には表と裏が存在することを知っている。

けれど、知ってはならない裏事情を、見たくもない裏の世界を、偶然見てしまったらどうすればいいのかなんて、誰も教えてはくれない。

不気味な赤い色をした大きな月が、夜空の低い位置にぽかりと浮いた、風のない夜だった。

突然の不幸にみまわれた憐《あわ》れな男は、己の不運を呪《のろ》う言葉を胸中で繰り返しながら、その場に立ち尽くすしかなかった。

暗闇《くらやみ》のなか、呆然《ぼうぜん》と目を見開いて、網膜に映したものを凝視して、そして絶望に駆られた。

目にしたものを認識した時点で、己の人生の終着点を、彼は見てしまったのだ。

視線の先にあるものが何を意味するのか、健全に見えた経済活動の裏で何が行われているのか、わからないほどに平々凡々とした人生ならよかった。だが不幸なことに彼は、それを読み取る目と能力を持っていた。

背後にふいに現れた気配。

脂汗が滴る。

振り返る勇気など、あろうはずもない。

気配が近づく。一歩一歩。

恐怖に駆られた男は、転がるように逃げ出した。闇のなかを。ある一点の光を目指して。

だが、辿《たど》りつけるはずもなかった。

ふいに襲った彼の不幸を知るのは、闇に浮かんだ赤い月だけ。

「うわぁあぁあああ……っ！」

悲鳴すら、夜の闇と赤い月の光に吸い込まれて、どこへともなく散って消えた。

ひとりの男の失踪《しっそう》は、都会の夜を彩る喧騒《けんそう》に紛《まぎ》れて、些細《ささい》な事件のひとつとして処理される。

痕跡《こんせき》すら残らない。

闇の力の関与を知るのは、すべてを見ていた赤い月のみ。

朝陽《あさひ》が昇れば、その月さえも消える。

闇に消された血痕と、痕跡も残さず始末される死体。

一部始終を見ていた男の目は、闇の奥を映し取り、すべてを白日のもとに曝《さら》すだけの力を持ちながら、それをすることはない。

その目は、ただ見つめるのみだ。

そこにある情報を読み取り、闇の奥の事実をただ事実として捉《とら》えるのみ。

社会の表も裏も関係ない。

そのいずれとも、かかわることはないのだから。

闇に溶け込むように気配を消して、次に陽《ひ》の下に現れるとき、男は違う名をまとう。

そろそろ、一番はじめに自分がなんと名乗っていたのか、判然としなくなっている。

何度も使う名はひとつだけ。

冷えた瞳《ひとみ》の主がその名で呼ぶから、捨てずにいる。ただそれだけのことだ。

薄墨の花弁がひとひら、足元に舞い落ちて、帯刀《たてわき》は板張りの廊下を進む足を止める。

見やれば、宵闇《よいやみ》に薄ぼんやりと浮かびあがる桜の大木。見慣れた庭の風景も、春のこの時期は神がかって見えるから不思議だ。

生血を吸って薄桃色に染まると言われる桜には、闇の力が宿るという。

どこかで、血が流れたのだろうか。

闇の奥に蠢《うごめ》く、より濃い闇に目を眇《すが》めて、そこに生きる者に想《おも》いを馳《は》せる。

生きているのか。

死んでいるのか。

それを確認する術《すべ》すらない。

闇に根を張る桜は、舞い散る花弁にのせて、何を伝えようとしているのだろう。

1

散歩を楽しむ人の休憩場所として設けられた遊歩道途中の東屋《あずまや》は、大きな木製の丸テーブルと、それを囲むようにつくられたベンチと、そして八角形のとんがり屋根が特徴だ。

いつもは、犬を散歩させるご婦人や散歩を楽しむ老夫婦の憩いの場であるこの空間も、今の時期だけは様相を変える。池の周囲につくられた遊歩道沿いには、桜の大木がその枝ぶりを誇って、長い並木道をつくっているのだ。

春霞《かす》みの青空が、枝葉の向こうに望める晴天の午後。

予報では五分咲きの桜だが、遊歩道沿いの桜並木は八分咲きほどに見える。

時間の自由がきく学生の身分にある面々が、集う場所を変更して花見としゃれ込んだのも当然の話の流れといえるだろう。

丸テーブルには、駅前のコーヒーショップで買い込んだグランデサイズのカップを筆頭に、花より団子とばかりにファーストフード店やコンビニで調達された食料が山のように並ぶ。若者の胃袋は旺《おう》盛《せい》な上、遅い昼食を兼ねているのだからしかたない。

「腹減った〜」

ハンバーガーの包みを開きながら情けない声を出すのは晁陽《あさひ》だ。

「まずは腹ごしらえ、ですね」

カフェモカのカップを口に運びながら応じるのは暉《あきら》。

「花は逃げないからな」

史世《あやせ》がクリスピーチキンを頬張《ほおば》りながらそんな言葉を返せば、匂《にお》いにつられたのか、晁陽の膝《ひざ》の上の茶々丸《ちゃちゃまる》が丸い目をくりっと見開いてひと鳴き。

「みゃう！」

拾われたときには掌《てのひら》にのるサイズだった茶トラ猫は、いまや見る影もなくデブ猫化して、その丸い顔は愛嬌《あいきょう》たっぷりではあるものの、一同の心配の種でもある。

「おまえの餌《えさ》はこっちだ」

史世が指さす先にはタッパー。晁陽お手製の猫飯《ねこめし》が用意されているのだ。

最近、手づくりの猫ごはんが流行《はや》りだと聞いて本を買って、ダイエットの項目を参考に取り入れはじめた。市販のダイエット用猫缶はまずかったらしく渋々顔で食べていた茶々丸だが、手づくりのごはんは口に合うようで、文句を言うことなくテーブルに飛び乗ってタッパーに顔を突っ込む。その食べっぷりを見ていると、ダイエットの文字がなんとも空《むな》しく感じられるが、やらないよりはマシだろう。

心地好《よ》い春風にのって舞い散った桜の花びらが、茶々丸の頭にふわり…とのった。茶々丸は気づかず、餌を頬張りつづける。その姿が一同に笑みを運んで、晃陽はさっそく愛猫の姿をケータイカメラにおさめた。

「みんな無事進級できてよかったね」

フレーバーポテトを摘《つま》む暐が安堵《あんど》の表情を見せれば、一方で晃陽がウンザリという表情をする。

「もう三年生か〜、はやいよ……」

史世と暐より一学年の上の晃陽は、この春、大学三年に進級し、史世と暐も二年生になったのだ。

今日の花見は進級祝いも兼ねている。せっかくの陽気なのだ。三人ともに、少々歳《とし》の離れた恋人を持つ身。いささか過保護すぎるきらいのある保護者のいない場所でのんびりすごしたい、というのが年若い青年たちの本音だ。

「留年するよりいいだろ」

「そうだけどさ〜」

史世の指摘に、晃陽はテーブルに上体をあずけながら頬を膨らませる。

「もう卒業後のことを考えはじめなきゃいけないんだぞ」

昨今の不況で、大学生の就職活動の開始時期は異常に早まっている。三年生にもなったら、先々のことを考えなくてはならなくなるのだ。

だが晃陽の場合、ほかの学生たちとは少々事情が違っている。就職できるかどうかが不安なのではなく、望みどおりに就職させてもらえるかどうかが不安なのだ。

「高野《たかの》を説得できるかどうかって問題か」

親を亡くし、騙《だま》されて借金を背負わされ、途方に暮れていた晃陽を拾った男は、過保護でありながらも、大人の狡《ずる》さで常に逃げ道を用意している。自分が逃げるためのものではなく、晃陽を逃がすためのものだ。

万が一の事態が起きたときに、いつでも晃陽を自分の手から放てるように、用意周到に一般社会と繋《つな》がる道を用意している。

晃陽にはそれが不満で、でも逆らうことができない。

史世や曄の保護者のように、甘くおねだりして折れてくれるような相手ではないからだ。

「行政書士は取れたんですよね？　あと何と何が残ってるんでしたっけ？」

曄の指摘に、晃陽は「いっぱい」と返す。「俺《おれ》が助けてやったからな」「でなかったらどうなったことか」と史世に言われて、ますますむくれた。

なんの話かといえば、高野の命令で晃陽が取らされている各種資格の取得状況だ。

晃陽が高野のもとに身をあずけることになったとき、高野が出した無理難題だ。大学卒業までにあれもこれも、普通は並行して取得しないだろうと思われる資格まで実に適当に並べて、全部取得しろと言われたのだ。

晃陽は、大学を出たら、自分を拾ってくれた男のもとで働きたいと希望している。だが高野はそれをよしとしていない。諦《あきら》めさせようと無茶《むちゃ》な条件を提示したわけだが、晁陽はそれに食いついた。とはいえ、そもそも無茶な条件なわけで、あれもこれもと簡単に取得できるものではない。

「FP技能士二級は自力でがんばったぞ！　でも一級は実務経験がないと無理だし、社労士はもう絶対に無理だよ……合格率十パーセントないんだぞ」

「受ける前から泣きごとを言うな」

「だってさ〜」

社会保険労務士試験は大学在学中でも受験できるが、一般教養科目の履修が終わっていないと受験資格が得られない。晁陽が試験を受けられるのは今年からだ。

「なんか知恵貸してくれよぉ」

がんばってもがんばっても先は遠いのだから、泣き言を言いたくもなる。

高野が折れてくれれば…なんて甘い考えがどうしても過《よぎ》るのだろう、「なんかいい手ないかなぁ」とことあるごとに晁陽は零《こぼ》すのだが、肩を竦《すく》めるくらいしか史世には反応のしようもないし、曄は首を傾《かし》げるのみ。高野がそんな甘い相手ではないことは、ふたり以上に晁陽自身が誰より一番わかっていることだ。

「ソルティキャラメルドーナツ、美味《おい》しいですよ」

曄が宥《なだ》めるように、ドーナツの箱を差し出す。セット買いした厳選素材がウリのおおぶりのドーナツは、すでに半数が史世の胃袋に消えていた。

「あぁっ！　季節限定のフレッシュストロベリー狙《ねら》ってたのに！」

「ぼやぼやしてるからだ」

そう言いながらも史世は、手のなかに残った最後のひと口を、晃陽の口に放《ほう》り込む。それでもまだ恨めしげな顔をするので「口移ししてほしかったか？」と茶化《ちゃか》せば、晃陽は途端に眦《まなじり》を朱に染めた。以前に史世が、冗談半分にキスしてやったときのことを思い出したらしい。

「チキンとハンバーガー、冷めないうちに食べたほうがよくない？」

「好きなほう取れよ」

「じゃあ、フィレサンドもらうね」

昔堅気な任侠人《にんきょう》である父に育てられた曄は、大学に入るまで洋食やジャンクフードとは無縁の生活だったためか、何気にこの手のものが好きだ。史世は残ったフィレカツサンドを取って、入っていた箱を潰《つぶ》した。

そんなふたりのやりとりを、ソルティキャラメルドーナツをもそもそと口に運びながらうかがっていた晃陽が「いいよなぁ」と零す。

「ふたりは将来がハッキリしててさ」

ともに法学部に在籍する史世と曄の将来設計は、入学時から決まっている。弁護士だ。

諸事情あって、入学時には法学部に入れさえすればいいとしか考えていなかった曄も、この一年で弁護士になる決意を固めている。とはいえこちらも、晃陽と変わらないくらいの難儀な壁が前に立ちはだかっているけれど。

「わからないぞ。試験に通っても、弁護士会が拒否することだって考えられる」

あっという間にフィレカツサンドを食べ終え、ポットパイのパイ生地を崩しながら史世はまるで他人事《ひとごと》のように飄々《ひょうひょう》と言う。

史世の口調が軽すぎたためだろう、内容の重さを理解しかねるかのように数度瞬《まばた》きして、それからやっと晃陽は「え？」と小さな驚きを零した。それを受けて、今度は曄がケーキドーナツを取り上げながら肩を竦めて言う。

「警察のお世話になるようなことがなければ大丈夫だと思うけど……」

自分たちの名前は、その筋には知れ渡っている。自身が堅気だろうと、世間は色眼鏡《いろめがね》で見る。はじめからハードルは高い。

だが、史世と曄の表情から、現実は現実として受けとめているだけのことで、さして案じているわけではないと察したらしい、晃陽は深いため息をついて、ドーナツの残りを口に放り込み、ソイラテをひと口。

「……試験に通ることは大前提なんだよな」

恨めしげに呟《つぶや》いて、コンビニ限定フレーバーのポテトチップスの袋を開ける。

「ふみゃ？」

主《あるじ》のむくれ顔を訝《いぶか》った茶々丸が、テーブルを下りて晃陽の膝に移動する。タッパーは、まるで洗ったあとのように綺麗《きれい》に空《カラ》になっていた。

「茶々、ポテチの袋に顔突っ込むなよ」

「みゃあ」

史世が茶々丸の頭をひと撫《な》でてすると、遊んでもらえると思ったのか、大きな軀《からだ》がぴょんっと飛び移ってくる。

花見の季節はまだまだ寒い。昼間はいいが、午後三時をすぎれば気温は途端に冬に逆戻りだ。そういうとき、茶々丸はホッカイロがわりにちょうどいい。ゴロゴロとご機嫌な茶々丸をあやしつつ、史世が飲むのはブラックコーヒーだ。

「しかし、よく氷見《ひみ》がOKしたな」

言葉の向く先は曄。

常々、法律事務所でアルバイトをする史世を羨《うらや》ましがっていた曄だったが、長い説得の果てにこの春からやっとアルバイトが許されたのだ。

「そりゃあ粘って粘って粘り抜いたからね」

曄はいささかウンザリと言う。保護者兼務の恋人は心配性で口煩《うるさ》いうえに束縛が激しくて、大学の行き帰りも送り迎えの車が用意されている。恋人が自分に甘いのはやぶさかでないにしても、ものごとには限度というものがあって、毎日ともなればさすがに息が詰まるというものだ。

「曄も神崎弁護士《かんざきせんせい》んとこ行くのか？」

史世と同じ事務所でアルバイトをするのかと晁陽が問う。曄は「いいえ」と首を横に振った。

「別のところです」

「あぁ……氷見さんとこの？」

「ええ。向こうには向こうの顧問弁護士がいますから」

組織の息のかかった弁護士事務所を紹介してもらう、という条件で曄は渋い顔をする恋人を納得させた。そこまでくるのに、ほぼ一年を費やしているのだから、そりゃあウンザリもするだろう。

「宥めてもすかしてもダメだって言ってなかったか？」

史世の言葉に、曄は「ふふ……」と満足げな笑み。

「緋女《ひめ》と一緒に実家に帰るって脅したもん」

ペロッと舌を出して、コケティッシュな容貌《ようぼう》に似合わぬしたたかさを垣間《かいま》見せる。

緋女というのは、冬に生まれた茶々丸の血を引く五匹の仔猫《こねこ》のうちの一匹で、曄の実家に引き取られた茶トラの雌猫《めすねこ》のことだ。曄の父が事実上の飼い主なのだが、その愛くるしさにメロメロで、呆《あき》れるばかりだと聞いている。緋女と名付けたのも曄の父だ。

そういう曄も緋女のことは可愛《かわい》がっていて、仔猫が実家に引き取られてからというもの、実家ですごすことが多くなっていた。それに業を煮やした恋人が文句を口にするのをこれ幸いと、取り引き条件を持ちかけたというのだ。

「緋女、可愛がられてんな〜」

晃陽が感心しきりと言う。

「茶々の二の舞にならないように気をつけろって、親父《おやじ》さんに言っておいたほうがいいぞ」

可愛がりすぎて巨体化させるなよ、と茶化せば、傍らの晃陽がむくれた。

「大丈夫。毎週のように獣医さんに来てもらって検診受けさせてるから。さすがに獣医さんも苦笑いしてたけど」

過保護になりすぎて逆にストレスにならなきゃいいけど…と、曄が心配しているのは、父親のことではなく、緋女のことだ。人間だけが満足な飼い方は、ときに動物にとってストレスになりかねない。

「広い庭で自由に遊んでるんだろ？　大丈夫じゃないか」

「襖《ふすま》も障子も畳もひどいことになってる。五匹のなかで緋女が一番暴れん坊かも……」

女の子なのに…と、曄は長嘆。

「茶々はのんびり屋なのにな……母猫に似たのかな」

晃陽の膝の上に移動してきて、ずっとゴロゴロと喉《のど》を鳴らしている茶々丸は、頬肉を引っ張られても、腹肉を摘まれても、耳をいじられても、まったく動じることがない。

「浅見《あさみ》さんとこも建具がひどく痛んでるようなことはなかったし……天瀬《あませ》さんとこも、そんな話聞かないよね？」

「天瀬さんの場合は、気にしてないだけかもしれないけどな」

飼い主当人よりも、パートナーの角鹿《つぬが》に訊《き》いたほうが、より正しい情報が返ってくるかもしれない。

曄の父親を笑えないくらいメロメロになっているぞ、と返すと、曄は「クールそうなのに、意外〜」と目を丸くする。

「九条《くじょう》さんとこは、犬と一緒に遊んでるって聞いたけど」

「周兄《あまね》さんならやりかねないかも……」

晃陽からの情報に、大丈夫かな…と曄はまたも長嘆。

五匹それぞれに引き取られた先で、元気にすくすくと大きくなっているのはいいが、巨体化するのも、暴れん坊に育つのも、できれば避けたい。

「那珂川《なかがわ》の屋敷は？　帯刀さん怒ってないか？」

最後の一匹を恋人の本宅に半ば無理やり引き取らせたのは史世だが、言いだしっぺは晃陽だから、迷惑になっていないか常に気にしている。

「さあ？　何も言わないから、いいんじゃないか？」

「舎弟の皆さんのほうがデレデレになってるって聞きましたよ」

ぞんざいに返す史世を、曄がフォローした。

「そっかー、よかったー」

晃陽は、テーブルに転がした茶々丸の腹を枕《まくら》がわりに突っ伏す。

「いかつい顔して、何気に可愛いものが好きだからな、あいつら」

史世の指摘には、「うちの皆も同じだよ」と曄が笑う。世間からはみ出して生きる者たちほど、情

に厚く涙もろく、そして世話好きだ。

「少し冷えてきたかな」

舞い散る桜の花びらを眺めて、暲がバッグからマフラーを取り出す。

「茶々抱いてるか？」

晃陽が茶々丸を促すと、賢い猫は自ら暲の膝の上に降りた。

「重いけどあったかいね」

クスクスと笑いながら、暲は茶々丸の背を撫でる。

史世は少しぬるくなったホットコーヒーを口に運んで、コーヒーショップのレジ横で見つけたキャラメルポップコーンの封を開けた。

ふわり…と香る甘い香り。キャンディカラーの甘い食べ物は、幸福の象徴のようでもある。その袋の上にも、風に流された淡い色の花びらがひらり。

満腹になって眠気を誘われたのか、晃陽は自身の腕に頬をあずけた恰好《かっこう》で、桜の舞い散る青空に視線を巡らせる。

「ずっと、平和ならいいなぁ」

ずっとこうして、のんびりと長閑《のどか》な時間がすぎたらいいのに。

神経を尖《とが》らせることなく、大切な人の心配をすることもなく、平和に平穏に、時間がすぎたらいいのに。

晃陽の呟きに、史世は「そうだな」と短く返す。

曄は茶々丸の背を撫でながら、口許《くちもと》に笑みを浮かべて、小さく頷《うなず》いた。


一見平和に見える社会の裏では、さまざまな力が蠢いている。

金や権力も力なら、知力や暴力もある種の力だ。そうしたものを統治した上での組織力も。

一般市民の生活を守るのは、司法であり、警察であり、政治であり、そうしたすべてをひっくるめた上での国家だ。実際がどうあれ、表向きはそういうことにされている。

だが現実問題として、国は一個人の生命以上に国家の安寧を優先するし、その傘下にある組織も法律もまたしかり、だ。一個人以上に組織を、その権威を、守ろうとする。

司法はかならずしも弱き者を救ってくれるわけではない。警察は被害者の尊厳以上に組織の面子《メンツ》を保とうと躍起になる。国民の意思を反映するために選出されたはずの政治家たちは、党の意向に操られるばかりでなんの役にも立ちはしない。

綺麗事で塗り固められた社会構造の裏にこそ、真実がある。人間の真の姿がある。真に市民生活の安寧を憂う力が存在する。

任侠道は、その昔、地域の人々の安全を守るために存在する力だった。

それがやがて姿を変え、守るために存在した力は破壊のために使われるようになり、ただの暴力へとなり果てた。治安を守る側から取り締まられる側へと変貌を遂げたとき、社会的に悪のレッテルを張られたのは、当然の成り行きといえるだろう。

だがそれでも、時代の流れに逆らうように、昔ながらの姿を保とうとする組織は存在する。

現代社会に適応してありようを変えながらも、昔堅気な任侠道を掲げ、司法とも警察とも政治とも違う力でシマに生きる人々の生活を守ろうとする組織がある。

黒龍会。

博徒の流れを組む大組織は、いまや現代的な経済ヤクザの代名詞とも言われる。

カリスマ的な若きトップの牽引《けんいん》力と、昔ながらの義侠心。そうした揺るぎない力を根幹に据えながらも現代的に組み上げられた組織力は、警察ですら容易に手出しできない規模と結束力と即応性とを持ち、目に見えぬ力で市民生活を裏から支えている。

だからといって、その力を善だと、言いきることはできない。

社会通念が、司法が、悪だというのなら、甘んじて受け入れるよりないのが、現代社会において組織の置かれた実情だ。

それでも、司法に頼れぬ現実がある。警察の捜査力が及ばぬ闇が、この世には存在する。

そうした社会の裏に蠢く闇に、触れてしまったらどうしたらいいのか。己の意思とはうらはらに、闇に引きずり込まれたとしたら、いったい誰が救ってくれるのだろう。

抜け出したあとでなければ、司法はなんの役にも立たない。闇に触れた事実を明確にしなければ、警察は動かない。自力で闇から抜け出すことがかなわない限り、表の力は何もしてくれないのだ。

闇を見据える目を持つのは、闇を知る者だけだ。

そのために、組織は存在する。

暴対法《ぼうたいほう》が組織のありようを変えても、社会が悪のレッテルを張ろうとも、それでも……いや、だからこそ、組織力は維持されなくてはならない。

闇を見据える男たちの目には、社会の表と裏、いずれの歪《ひずみ》もが映る。

だからこそ男たちは、闇を照らす光を求め、狭間《はざま》に立つ強い意志に絆《ほだ》され、光にも闇にも染まらない透明度の高い存在感に惹《ひ》かれる。

そうして闇を知る男たちの手をとった青年たちには、平和な日常と、危険と背中合わせの現実と、そして決して跨《また》いではならない一線の存在とが明確にされる。

闇に蠢くものが見える。

けれど、踏み込んではならない。

己の安全のためではない。案じる男たちを不安にさせないためだ。

それでも、降りかかる火の粉くらいは己の手で払いたい。立ち位置を模索する青年たちの思惑とはうらはらに、男たちはただやみくもに守ろうとする。

価値観の相違は、容易に埋められるものではない。時間の経過が歩み寄りを許しても、決して交わることはないだろう。

それでも無関係ではいられない。

だから、守られているばかりではいたくない。

春のうららかな陽射しのもと、集う青年たちを繋ぐ絆《きずな》。長閑な時間と笑い声の奥に、彼らの抱えた闇がある。


買い込んだ食料がほとんど三人の胃袋におさまったころ。

青年たちの話題は、過保護もすぎる恋人の愚痴へと戻っていた。何を理由に集まったとしても、だいたいいつもこうなる。ほかの誰に話せる内容でもないからいたしかたない。

「だいたいさー、怜司《れいじ》さんは無茶言いすぎなんだよっ。絶対に俺の意見なんか聞いてくれないんだからさ」

晃陽が一向に手綱をゆるめようともしてくれない恋人の厳しさを愚痴る。

身寄りを失《な》くし、無一文になって途方に暮れていたところを、茶々丸ともどもたまたま拾われてもうすぐ二年。人生を大きく変える結果となったのは、拾われた晃陽だったのか、はたまた拾った高野だったのか。

晃陽はすっかり高野のもとで生きることを決めているのだが、高野は首を縦に振ろうとしない。結果、毎度のごとくほぼ変わらない内容の愚痴が繰り返されることになるのだ。

「絶対に自分の意見を枉《ま》げようとしないんですよね。何を言っても右から左で」

晃陽の話にうんうんと頷きながら、曄がついでとばかりにポロリと自分の愚痴を零す。

以前は対立関係にあった、組織の中核に座する男の手を取ることになった曄の置かれた環境は、より複雑だ。

それでも曄には、晃陽にはもちろん史世にも持ちえない強みがある。ごく平凡な家庭に育った晃陽とは違い、曄は任侠人の父のもと、義侠に生きる漢《おとこ》たちを間近に見て育った。それゆえ、そうした漢たちの性質を熟知している。

だが、それでも我慢ならないことも多いというのだから、氷見の束縛もそうとうなものだ。

虎武《こぶ》連合総裁を父に持つ氷見は、生粋の任侠人といっていい。そんな男が曄のために対立関係にあった組織傘下の組長――曄の父に手をついたからには、生半可な覚悟ではない。そう考えれば、いささか行き過ぎた束縛も、さもありなんといったところか。

「本人に言ってやったらどうだ？」

そういう史世は、ことあるごとに文句を口にしている。右から左に聞き流されるのが常だが、言わないで受け入れていると思われるのも癪《しゃく》なのだ。

だがどうやら、ふたりが問題にしているのは、そういうことではないらしい。

「言えたら苦労してないっ」

「言っても全然聞いてくれないんだよっ」

おのおの事情の違う返答が速攻で返されて、史世は長い睫毛《まつげ》を瞬《しばたた》く。

「バイトの許しが出たんだからいいじゃないか。それともまだ何かうるさいこと言ってんのか？」

晁陽はともかく、暐は一番の問題が解決したばかりではなかったのか？　と問えば、先に話題に上ったときには語られなかったその後の事情を口にした。

「気が変わったならいつでも言え、とか言うから……絶対に引かないよっ」

白い拳《こぶし》を握って、形のいい眉《まゆ》を吊《つ》り上げる。きっと、毎朝毎晩同じやりとりが繰り返されているのだろう。

「男に二言ありまくりじゃん」

「ホント、そうなんですよっ」

同じ立場にある大人組――浅見と天瀬が一緒のときは、やんわりと若者たちの文句をいなしてくれる。だが今日は三人だけだから、文句も垂れ流し状態だ。

「浅見さんや天瀬さんみたいに大人だったらよかったなぁ」

テーブルの上で大の字になった茶々丸の腹をうにうにと揉《も》みながら、晁陽が長嘆を零す。

年齢差が縮んだところで、男たちの心配もお小言も減らないだろうと思うのだが、いますぐにでも愛する男の役に立てる大人だったらよかったのに…と、どうしても思ってしまうのは、年齢差がありすぎるがゆえだ。

ほぼ話が一巡したところで、そろってため息。

手のなかに残ったドリンクで喋《しゃべ》り倒した喉を潤す。

薄桃色の花びらが夕暮れに染まりはじめて、桜並木が妖艶《ようえん》さを帯びはじめる。桜というのは不思議な花だ。昼と夜とで受ける印象がまったく異なる。

「桜が散っちゃう前にさ、今度はみんなで花見しようぜ」

集まるのが大好きな晃陽が、そうだ！　と顔を上げて提案を口にする。

夜なら今日は不参加の大人組も参加可能だろう。

「屋敷の内庭に遅咲きの八重桜があったな」

屋敷でなら、猫たちを連れて集まるのも楽しいかもしれない。お重に花見弁当を詰めて、大人組にはアルコールもＯＫだ。

そんな会話を交わしているうちに、徐々に口数が少なくなる。三人ともが、ある予感に捕らわれているためだった。

「そろそろかな」

「そろそろじゃないか」

曄と晃陽が顔を見合わせてウンザリと嘆息する。

「絶対に史世が一番だ」

携帯電話を取り出して晃陽が指摘するのに、「曄じゃないのか？」と受け流せば、曄は「どうかなあ」とテンキーをいじった。

「この前はうちのほうが先だったから、今日は史世だと思うな」

いったいなんの話かといえば、痺《しび》れを切らした保護者たちが、そろそろ迎えに現れるはず、という、ここしばらくでパターン化した集い散開のタイミングについて、だ。

いまどき小学生だって、こんな早い時間の門限などありえないだろうと思うのに、陽が暮れかかるとすぐに、心配した保護者たちからメールが入りはじめる。ほうっておいてもいいのだが、のちのち厄介だから、一同顔を見合わせて嘆息ののち、おのおの腰を上げるのだ。

「いったいなんのためのホットラインなんだか」

史世と曄、おのおののパートナー――大組織のトップと、いずれトップと目される男の間に布《し》かれたホットラインは、そもそも緊急事態のときのために存在するもののはずなのに。ほとんど私事で使われているのが実情だ。

たいてい一番最初に「まだお開きにならないのか」と言いだすのは曄の保護者で、そこから史世の保護者にホットラインが繋がり、以下、組織の指揮系統と同じ流れでほかの面子に連絡がいくらしい。

らしい、というのは、無駄なプライドに駆られた男たちが、実情を進んで口にしようとしないからだ。裏でどんなやりとりが交わされているのかなんて、バレバレだというのに。

「最近は何もないんだろう？」

　組織絡みの危険な何かが起きているわけではないのだろう？　と晃陽が問う。史世は「さあな」と肩を竦めた。

「何があったところで、俺たちの知るところじゃない」

　情報がもたらされるわけではない。何があろうがなかろうが、男たちのスタンスは変わらない。たぶん十年後も、同じやりとりが交わされているに違いないのだ。

　まるでタイミングをはかったかのように、テーブルに置いていた史世の携帯電話が着信を知らせて震える。

「ほら、やっぱり史世だった」

　曄が、勝ち誇った顔でニコリと微笑《ほほえ》む。

「我慢の利かないオヤジだな」

　毒づいて、腰を上げる。

　立てつづけに曄と晃陽の携帯電話が鳴って、三人は顔を見合わせ、クスクスと笑った。

「夜桜の件、予定合わせような」

「ああ、任せる」

「また俺が幹事～？」

　不服気に言いながらも、晃陽の目は楽しげに煌《きら》めく。

「茶々、夜食は厳禁だぞ」

「ふみゃあ！」

愛想のいい茶トラ猫の額にキスをひとつ落として、史世はまとめたゴミをゴミ箱に放り込みつつ、遊歩道を横切る。

正面には自分を迎えに現れたシルバーメタリックの車。少し離れた場所に、高野と氷見の車も停《と》まっている。

歩み寄るタイミングをはかって、内側から開けられる助手席のドア。

猫科動物並みの俊敏さでスルリと車内に身を滑り込ませた史世は、ステアリングを握る男の腕に痩《そう》身《しん》を搦《から》め捕られ、への字に歪《ゆが》められた唇を塞《ふさ》ぐ口づけを、甘んじて受け入れた。


今現在黒龍会総長の座にある那珂川貴彬《たかあき》が史世と出会ったのは、史世が中学に上がって間もないころのことだった。

あれからもう、幾度となく春は巡ってきたけれど、それでもまだ十年に満たない時間でしかない。

その間に史世は、中学を卒業して高校生になり、大学に進学して、この春無事二年に進級した。

一方で貴彬は、亡父の遺志を継いで組織を継承し、その結果として弁護士記章を奪われた。

史世は今、いずれ組弁護士となるべく法学部に所属しているけれど、そもそもは貴彬自身がそうして組織とかかわっていたのだ。

当人の意志とはうらはらに、黒龍会を興した初代の血を引くカリスマ的トップの牽引力のもと、組織は強大化をつづけている。

社会が悪のレッテルを貼ろうとも、警察が虎視眈々《こしたんたん》と摘発の機会をうかがおうとも、潰せない現実があるのだからしかたない。組織が揺らげば、シマの治安も揺らぐ。人々の生活が脅かされる。警察で守れないものを、守るのが侠《きょう》の道だ。

そうして代紋を背負う男には、不可能を可能にする力がある。自由にならないものを自由にできるだけの力がある。あらゆる種類の力だ。

だが、ただひとつ、男にも自由にならないもの――存在がある。

それが史世だ。

十二の歳に手折った蕾《つぼみ》は数年を経て艶《あで》やかに咲き誇り、ともすれば自らの意志で男の手から零れ落ちようとする。それを懸命に掬《すく》い上げるこちらの苦労など素知らぬ顔で、危険を顧みず無茶もする。だから心配なのだと、何度言ったところで右から左。

過保護だ口煩いと文句を言われ、それでも譲れないスタンスに、ついにはため息。かたちのいい薔《ば》薇《ら》色の唇が不服げに尖《とが》らされるのを、口づけで塞いで見なかったことにしてしまう。

出会ったころ、腕のなかにすっぽりとおさまっていた痩身。いつのころからか四肢が余るようになって、それでもまだこの腕のなかにある喜び。

やわらかな髪を梳《す》き、頬から首筋にかけての滑らかな肌の感触を堪能《たんのう》する。

首に絡みつく腕のしなやかさ。後ろ髪をいじる悪戯《いたずら》な白い指。

桜並木の下から連れ帰ったあと、リビングのソファの上で横抱きに膝に抱き上げた恰好で、貴彬は腕に馴染《なじ》んだ痩身の体温を愛《め》でていた。

和テイストのテーブルコーディネイトの施されたダイニングテーブルの中央には、鉢に活《い》けられた九分咲きの桜の枝。

その下に並べられた料理の皿には、舞い散った花びらが彩りを加えている。

名のある料亭にオーダーしたお重には春の膳《ぜん》が美しく詰められ、竹籠《かご》には山菜の天麩羅《てんぷら》、青竹に盛られた焼筍《やきたけのこ》、白木の御櫃《おひつ》には桜菜飯。

テーブルから、重箱と料理の盛られた皿をいくつかソファのローテーブルに移して、温燗《ぬるかん》と、デザートには桜餅《さくらもち》、苺《いちご》ババロア、蓬《よもぎ》のシフォンケーキ。春摘みの香り高いお茶はすっかり冷めてしまったけれど、喉を潤すには充分だ。

史世の進級祝いに、貴彬が用意させた。五人前はあろうかという量の祝い膳だが、明日の昼までに、すっかり史世の胃袋に消えてしまうことだろう。

「ぜんっぜん食事に集中できないんだけど」

貴彬の膝の上で足を組んだ恰好で、史世は不服を口にする。文句を口にする前に唇を塞がれて、それが解かれたかと思えば今度はろくにテーブルに向かうこともかなわない。いったいなんのために祝い膳を用意したのかと、大きな猫目が間近に男を捉え、眇められる。

「邪魔はしていないだろう？」

座椅子《ざいす》に甘んじているだけではないかと訴えれば、

「ふ――ん？　この手はなんだ？」

腰を抱く手の甲に軽く立てられる爪《つめ》。悪戯な猫がごとき仕種《しぐさ》は充分に愛で甲斐《がい》のあるものだが、その爪が飾りではないことを忘れてはならない。

「口に合ったようだな」

あえてわかりやすく話題を逸《そ》らせば、史世はしょうがないな…という顔で肩を竦めて、ローテーブルの上のお重を膝に取り上げた。

鰆《さわら》の幽庵《ゆうあん》焼きに満足げな顔をして、それから和牛の網焼き、とろ湯葉、吹き寄せと、見る間にお重の中身が消えていく。母親の躾《しつけ》の良さがうかがえる箸《はし》運びと綺麗な食べ方。ゆえにその健啖家《けんたんか》ぶりは見ていて気持ちがいい。

その様子を間近に眺めていたら、菜の花の手毬寿司《てまりずし》が口に放り込まれる。咀嚼《そしゃく》のタイミングを待って鮑《あわび》の煮物も。

「美味《うま》いな」

料理が美味いのはもちろんのこと、それが愛《いと》しい者の手からとなれば、まずいはずもない。

史世は箸を置いて、重をローテーブルに戻し、居心地のいい場所を探すように、貴彬の胸に身体《からだ》をあずけてくる。そして、何かを探るように大きな猫目の中心に貴彬を映す。

「まだ二年に進級しただけだぞ」

卒業を迎えたわけでもないのに、いったい何を黄昏《たそがれ》ているのかと呆れた視線を向けられて、貴彬は口許に苦い笑みを刻んだ。

ばれているものはしょうがない。

この腕のなかで、こうして体温をたしかめていないと不安に駆られる大人の事情になど目もくれず、そのくせ何もかも感じ取ってしまうのだから性質《たち》が悪い。

「夏には二十歳だ。月日の経《た》つのは早いものだと、黄昏たくもなる」

苦笑を零しつつ返せば、呆れ果てたように眇められる大きな猫目。そして、獲物を弄《もてあそ》ぶかに紡がれる耳に痛い指摘。

「ガキだったからな。あんたに無茶されたとき」

まだ中学に上がったばかりの子どもにいったい何をしたんだか、と出会いの日を振り返られて、貴彬はもはや黙するしかない。

だが、言い訳の言葉を見失ったわけでも探しているわけでもない。

反省はしているが後悔はしていないと、いつだったか言ったことがある。一生拭《ぬぐ》えない罪だからこそ、正面から向き合う覚悟で抱えているのだ、と……。

悔いることなどあろうはずがない。

この愛しい者を、先々の人生もずっと腕に抱いていられるのなら。

今、腕のなかにあるのは、命と引き換えても惜しくないほどに大切なものだ。もちろん、何があろうとも置いて行く気はないけれど。

「……痛いぞ」

白い指に頬を摘まれて、貴彬は長嘆する。

「黄昏てるかと思えばヤらしい顔でニヤけてるからさ。ボケるにはまだ早くないか？」

少しくらいひたらせてくれてもいいものを。

容赦も可愛げもない言い草は出会ったころから変わらないもので、貴彬は小さく笑ってその手を軽く払い、絡め取った。白い指は滑らかで拳胼胝《けんだこ》などどこにもない。なのにこの細腕には、底知れぬパワーが秘められている。

ふいに翳《かげ》る視界。すぐ目の前に、まっすぐに見据える猫目がある。

「何が怖い？」

鼻先を突き合わせた距離で、史世が低く問う。貴彬は、降参の微苦笑とともに言葉を返す。

「何もかもが怖いな」

この痩身を絡め取った己の罪業も、この手を放せぬ己の弱さも、そして何より、蕾のころから愛でて花開かせたはずの大輪の薔薇が、さらに艶やかに華やかに咲き綻《ほころ》ぶ可能性を秘めている事実が。

「ご大層な肩書が泣くぞ」

やわらかな声が情けない男の告白を詰《なじ》る。棘《とげ》のない声音は、呆れを通り越してしまったためらしい。

目の前に迫る猫目に、きつい色はない。

「しょうがないな」

甘い声が唇を掠《かす》める。

自分は間違いなくこの腕のなかにいるだろう？　と確認させるようにあずけられる体重。

それを抱き上げて、寝室へと運ぶ。広いベッドに横たえれば、伸ばされる腕。自分のためだけに拓《ひら》かれる褥《しとね》に身を沈ませて、貴彬はやっと安堵の息をついた。


腕のなかの肢体が熱を上げる。甘い芳香が強くなる。痩身が身じろいで、衣擦《きぬず》れの音が濃密さを帯びる。

白くしなやかな脚がシーツを掻《か》き、降り乱れる赤茶の髪がみだりがましさを煽《あお》りたてる。

薔薇色の唇から零れる艶めく吐息と、惜しげもなく蕩《とろ》けてみせる肉体。白い指が切なげに背に食い込む。

最後の一枚を剝《は》ぎ取って、発光するかに白く滑らかな肌に目を細める。白い胸の上で色づく飾りを弄べば、むずかるようにくねる肢体。

「ん……やめ……」

肩に縋りつく手が、咎《とが》めるかのようにはだけたワイシャツをひっぱる。ネクタイは、最初にむしり取られた。

「こら、爪を立てるな」

カフスを落とし、手早く脱ぎ捨てれば、首筋に触れる熱い吐息。小さな頭を胸に抱き込んで、しなやかな下肢を撫でる。

腰骨を摑めば、戦慄《わなな》く背。ねだるように絡む太腿《ふともも》。

白い肌を飾る薔薇色の痕跡が男の所有欲を満たし、何度抱いても尽きることのない欲望の根源を揺さぶる。

喜悦に跳ねる痩身を押さえつけ、狭間を荒っぽくまさぐれば、かたちのいい眉が顰《ひそ》められた。その凄絶《せいぜつ》に艶《つや》っぽい表情を愉《たの》しんで、それからゆっくりと身を進める。

「は……っ、あ……ぁ、……んんっ」

反射的に逃げを打つ腰を抱え込んで、反応をうかがいつつ焦《じ》らすように繋がりを深めていく。

少々の無茶には従順に応じる史世だが、逆に嬲《なぶ》るようなやり方をすると不服気な表情を見せる。二の腕に食い込む爪の感触がそれを知らしめる。それなら…と、グイッと突き込めば、甘やかな悲鳴とともに痩身が跳ねた。

「あぁ……っ、は……っ」

ふっと鼻孔をつく甘い鉄錆《てつさび》臭。見れば、二の腕に引っかき傷ができている。

悪戯猫の所業を、白い手をとって両手首をまとめて頭上に縫いつけることで諫《いさ》めれば、下から挑発的な視線が上げられた。

快楽に潤む大きな猫目の中心には、愉悦の光。

昔は、悪戯仔猫を諫める気持ちでいられたものが、もはやその爪の鋭さを気にしないわけにはいかなくなった。

まったく難儀なことだ。

史世が手に余る、という意味ではない。愛しい者の成長を危惧《きぐ》すると同時に、それを頼もしく感じている、矛盾だらけ自身の感情が、という意味だ。

「貴彬……」

「ん？」

耳朶《じだ》を擽《くすぐ》る、濡《ぬ》れた声が心地好い。

甘くねだる呼びかけに応じるように、手首の拘束を解き、かわりに指と指を絡めるように手を握って、はじめはゆっくりと、それから力強く、律動を送り込む。瘦身は濃い欲情を甘受して、しなやかに戦慄いた。

ベッドの軋《きし》む音。

滴る汗の甘い芳香。

迸《ほとばし》るあえかな声は、自分だけが聞くことを許された天上の調べだ。

「ひ……っ、あ…ぁっ、――……っ」

頂《いただき》をみた肉体が、腕のなかで歓喜に震える。きつく絞り上げてくる内部の蠢きの心地好さに、男も欲情を解放した。

「あ……ぁ……」

最奥《さいおう》を汚される感触に白い肌がざわめき、細腰が余韻に戦慄く。

上気した頬を伝う生理的な涙をキスで吸い取って、雫《しずく》をたたえた長い睫毛にも唇を落とす。

熱い吐息を吐き出す薔薇色の唇を軽く食《は》んで、力を失った痩身を腕に抱え上げた。

「ん……ぁっ」

繋がったままの場所が引き攣《つ》れて、史世が小さく呻《うめ》く。しなやな背を撫でることでそれを窘《たしな》めて、小作りな頭を抱き込んだ。史世の呼吸が落ち着くのを待って、仰臥《ぎょうが》した身体の上に、ゆっくりと受けとめる。

やや して、胸の上で身じろぐ気配。

乱れた赤茶の髪を梳けば、その向こうからうかがう猫目。赤くなった眦を親指の腹でなぞると、虹《こう》彩《さい》がとろりと潤む。

貴彬の胸に手をついて、史世が上体を起こす。途端、視界に大映しになる、艶《あで》やかな情景。薔薇の花弁を散らしたかのように色づく白い肌と、悩ましい肢体、挑発的な眼差《まなざ》し。

「まだ、満足してないだろう？」

甘い声が紡ぐ誘う言葉。

「当然だ」

下からゆるりと穿《うが》てば、痩身がくねる。

これ以上ない美しく妖艶な情景に目を細めて、貴彬は滾《たぎ》る熱を白い身体へと打ち込む。情熱を貪《むさぼ》る時間は現実と隔絶されて、互いの目に互いの存在しか映さない。

閉じられたカーテンの向こう。黒い雲が月を隠して、夜が濃くなる世界。

その下で蠢く気配も、今はまだ闇のなか。白日の下に曝されるには、まだあと少し、時間が必要だった。

2

表向きは企業グループのトップの職にある貴彬《たかあき》の座するオフィスには、黒龍会の裏の機能が集約されている。

最新のインテリジェントシステムとそれを守るために組まれた強固なセキュリティは、そもそもは貴彬が望んだものではない。組織を守るためという大義名分のもと、組織の頭脳というべき筆頭秘書が組み立てたものだ。

那珂川《なかがわ》の屋敷が組織の本陣だとすれば、ここは指令本部と言える。貴彬が三代目を襲名したときに帯刀《たてわき》に提案されて、好きにしろと任せた結果、予想以上におおがかりなものに仕上がった。いささかやりすぎ感は否めないが、信頼する参謀が必要だというものを、反対する理由もない。

生まれたときからの付き合いだ。貴彬が組織を継ぐまでは、今よりもずっと砕けた口調で言葉を交わしていた相手。

その秘書が、いつもよりずっと厳しい表情でこの日一番に寄《よ》こした報告は、貴彬の眉間《みけん》に深い皺《しわ》を刻ませるに充分なものだった。

「……長侶《ながとも》が？」

「はい。一昨日《おととい》から帰っていないと、家族から連絡がありました」

組織とかかわりのある一般企業――警察白書に記されるところのフロント企業というやつだ――の社長の行方が知れなくなっているというのだ。

「警察に失踪届を出していいものかと夫人が相談にいらっしゃいましたので、少し待つようにと言ったのですが、会社のほうが――」

社長を心配して、警察に相談してしまったのだという。

会社のバックに黒龍会がついている事実を知るのは、行方知れずになっている社長本人とその妻だけだ。事業に失敗してふたりが首を括《くく》りかけていたところを先代が助けた縁で、代替わりしたあとも関係がつづいている。

「しかたないだろうな。あそこは今、新しい事業のためにかなりの投資をしているところだ。何があったのかと不安に駆られるのもわかる」

もちろん資金調達には組織も一役買っている。性質の悪い銀行や金融会社の餌食《えじき》にならないように、シマ内の中小企業を守るのも組織の役目だ。

「失踪当日の足取りを追わせていますが……」

「かんばしくないのか？」

帯刀が言葉を濁すのはあまりないことで、貴彬は状況の厳しさを感じ取る。貴彬はもちろん帯刀も長侶社長とは交流があるがゆえに心配だ。

「打ち合わせに向かったところまでは足取りがはっきりしていますが、その後忽然《こつぜん》と消えています。本人に失踪の理由が見つかりませんので、拉致《らち》誘拐の可能性が高いかと」

「携帯電話は？」

「数百メートル先の路地裏で発見されましたが、とくに不審な点はありません」

意図的に削除されたメールや履歴はみあたらないという。偽装工作の必要がないとすれば、仕事関係以外だろうか。

「家族には俺が会おう。ひきつづき足取りを追ってくれ」

「かしこまりました」

帯刀が下がろうとしたところで、貴彬の携帯電話が着信を知らせる。

ディスプレイに表示される名を見て眉を顰めれば、主の反応を訝った帯刀も足を止めた。その秘書に目配《めくば》せをして、貴彬はゆっくりとした動作で通話ボタンを押す。

『お久しぶりです』

通話口から聞こえるのは、たおやかで硬質な声。帯刀の報告内容とあいまって、貴彬は不信感を募らせる。

「まだ警察庁《けいさつちょう》にお戻りになってらっしゃらなかったのですか」

心情を悟らせぬ声は、顔の見えない相手だからこそ有効な手だが、そもそも貴彬から何かしらの情報を引き出そうとしているわけではない相手にとっては、かまうところではないようだ。

『異動はキャリアの宿命ですから、辞令に従うだけですが、幸いなことにまだ現場にいさせていただいています』

余裕たっぷりに返してくる相手——藤城《ふじき》は、警察の大物幹部を父に持ち、警察官僚を兄に持つ、自身も警察機構の要職に身を置くキャリアだ。今現在の警察組織のありかたについて思うところがあるらしく、ときおりこうして連絡を寄こす。

『失踪者の足取りは、摑めてらっしゃいますか？』

潜めた声が紡ぐ内容が、貴彬の眼光を鋭くさせる。言葉を返さず出方をうかがっていると、藤城はふっと口調をゆるめた。

『隠し立て無用です。ナガトモ工業がそちらのフロントであることは、調べがついていますから』

長侶の失踪届けを受けて、警察が動いているということか。

しかし、一失踪人への対応など、普通は所轄署においてですら隅に追いやられがちなものだ。本庁の、しかも捜査官ではなく行政官であるはずのキャリアが出てくるような問題ではないはず。

つまりは、裏がある、ということだ。

「あなたのアンテナがいったい何に反応したのかわかりかねますが、現場をひっかきまわすのはおやめになられたほうがよろしいのでは？」

ずっと健気《けなげ》につき従っている部下が苦労するだけだと揶揄《やゆ》を投げる。藤城は小さく笑って、だがすぐに声音を変えた。

『ひとつ忠告です。本庁はそちらに疑いの目を向けています。以前に痛い目を見ていますから表だって動いてはいませんが、別件逮捕にはくれぐれもご注意ください』

それだけ言って、通話は一方的に切られる。

ツー……ツー……と機械音を響かせる携帯電話を一瞥《いちべつ》して、通話をＯＦＦにし、嘆息とともにそれを閉じた。

「警察の動向を探らせます」

電話の相手も、その内容も、察しがついているらしい。帯刀の言葉に貴彬は黙って頷く。

大きくは変わらない帯刀の表情からは、警察の対応への濃い呆れがうかがえる。それは貴彬も同じだった。藤城が指揮をとっているのならまだ救いもあるが、あの口ぶりでは違うのだろう。

警察の的外れな捜査に邪魔されるまえに、長侶を探し出さなければ。生存確率がたとえ一パーセントであったとしても、可能性があるのなら急がなければならない。同時に、いったいどんな事件に巻き込まれたのかを探る必要がある。

「緘口令《かんこうれい》を布いておけ」

ひとつ思い立って、辞そうとする秘書に言葉を付け足す。

いったい誰に対しての緘口令なのか、説明せずとも察した帯刀は「無駄だと思いますが」と前置きしたうえで、「御意に」と腰を折った。

貴彬は、深いため息をついて、プレジデントチェアに背を沈ませる。そして、腹心の消えたドアへと、細めた視線を注いだ。

新学期がはじまったばかりの大学構内は、まだ慣れない新入生が真面目《まじめ》に通ってくるために、年次後半に比べて人口密度が異様に高くなる。学食もカフェも、席取りが面倒《めんどう》になる時期だ。

それでも、史世《あやせ》のまわりは常に騒がしさとは無縁だ。別の意味で騒がしいとも言えるが、学生らしい騒々しさに揉まれることはない。

どんなに察しの悪いいまどきの学生とはいっても、本能に根ざした恐怖には、意識無意識にかかわらず敏感なのだろう。あるいは単純に近寄りがたいだけなのか、混雑するカフェにあっても、相席を申し出てくる者はない。

講義後、教授に呼ばれた瞱《あきら》と別れて、先にここに来た。国立大学とはいえ懐事情の厳しい昨今、構内には民間企業の進出が目立つ。このカフェもそのなかのひとつだ。早目に午前中の講義を終えた学生たちがランチのために集まりはじめる時間帯ではあるが、昔からある学食よりは多少落ち着きがある。

史世の前には、サンドイッチとペストリーがふたつ、全粒粉のスコーン、季節のフルーツケーキとカプチーノ。

ふんわりと泡の立ったカプチーノのカップを片手に、参考書を開く。今日は午後の講義がないから、バイトに向かう時間まで、このままここで時間を潰すつもりだ。

グレインブレッドを使ったサンドイッチは、ここ最近のお気に入りで、このカフェに立ち寄ればかならず購入するもののひとつだ。好き嫌いのない史世の胃袋には、実に豪快に食べ物が消えていく。それすらも人間離れして見えるのは、ひとつは食べ方が綺麗だからだ。もうひとつは、その人並み外れた美貌ゆえ、リアルな生命活動を感じさせないためだろう。

とはいえ、そんな分析をしているのは遠巻きにするよりほかない周囲の人間たちであって、当人には関係のないことだ。

黙々とランチを胃に送り込みつつ、読み取った文字を脳に記憶させていく。勉強の半分は暗記力の勝負だ。応用は、その上に成り立っている。

だが、どれほどの集中力を発揮しようとも、史世の敏感なアンテナは常に周囲を警戒していて、学生に紛れて様子をうかがっているらしき、貴彬の意向でつけられた護衛の面々の気配もちゃんと読み取っている。

だから、見知った気配が近くに立てば、すぐに感じ取ることができる。

「相変わらず、豪快な食べっぷりだな」

気安い言葉をかけてきたのは、中学高校の同級生、医学部に在籍する新《にい》見秀《みすぐる》だった。

高校時代にはともに生徒会活動に勤《いそ》しんだこともある、悪友というべき存在だ。飄々としてみえて、その実食えない男は、出会いのときから史世を微塵《みじん》も恐れない稀有《けう》な存在でもある。

「おまえか」

同じ大学に通っていても、広い構内で学部も別となればそうそう顔を合わせるものではない。春休みを挟んでいるからなおさらだ。久しぶりだな…と長い睫毛を瞬けば、新見は断りもなく向かいの椅子に腰を下ろした。

「いつも一緒の可愛い子ちゃんは？」

疇は一緒じゃないのかと尋ねてくる。あとからくると返すかわりに、史世はかたちのいい唇にニンマリと笑みを刻んだ。

「澄田《すみた》先生にチクられたくなかったら、軽口はほどほどにしておくんだな」

新見は、高校時代に出会った養護教諭と、大学入学後同棲《どうせい》しているのだ。歳上の綺麗な人に妬《や》かれたくなかったら、余計な詮索《せんさく》はしないことだと忠告を投げる。新見はひょいっと肩を竦めて、それを受け流した。

「妬いてくれるものならありがたいね」

歳上の恋人は包容力に満ちて、少々のことでは動じてもくれない。そう零す悪友の表情には相変わらずの余裕。

「篁《たかむら》も安曇野《あずみの》も、みんな現役合格できてよかったな」

史世が目のなかに入れても痛くないほどに溺愛《できあい》している幼馴染《おさななじみ》とその恋人のことだ。一学年下の彼らが無事に志望大学に合格したことを、いまも高校に勤務する恋人経由で聞いたらしい。

「そっちも、無事進級できてよかったな」

「心配されるほどサボってないぞ」

どうだか…と、この男のことだから要領よくやっているに違いないと、言葉を返そうとしたときだった。

——……っ!?

ふいに過《よぎ》る、悪寒。

史世は過剰に反応するのではなく、ゆっくりと視線を巡らせる。

傍《かたわ》らに立つ気配。

近寄るそれを、ギリギリまで察知できなかった事実。

充分に日常とは言いがたいそれを訝る史世の向かいで、新見がその気配の主に向かって愛想のいい顔を見せる。史世は長い睫毛をひとつゆっくりと瞬《また》いた。

「これでよかったかな」

落ちてきたのは、やわらかくクセのない声。ともすれば喧騒に紛れてしまいがちな、特徴のない声音だ。だがそれが、やけに史世の鼓膜にひっかかる。

「ああ、ありがとうございます」

いつの間に…と、新見は何気ない口調で呟く。それは、史世が間際まで気配を察せなかった事実を現実のものとして物語る。

「案内してもらったお礼に奢《おご》るって、約束だったからね」

そう言いながら、声の主は新見の前にブラックコーヒーのカップを置く。自分は立ったまま、コーヒーを啜《すす》っている様子だ。史世は、新見の視線を追うように、ゆっくりと顔を上げた。

「こんにちは」

そこにあったのは、印象の薄い顔。

だが、それが第一印象にすぎないことを、史世はすぐさま感じ取る。よくよく見れば、精悍《せいかん》な面立ちをした長身の男が、エスプレッソのカップを手に立っていた。

「ずいぶん目立つ子のところへまっすぐに行くから、ナンパでもする気なのかと思っちゃったよ」

やわらかい声で紡がれる冗談に、新見は「高校んときの同級生ですよ」と肩を竦めて返す。その新見に、史世は「誰だ？」と目配せをした。

「研究員の山内《やまうち》さん。この春からうちに来てるんだ」

――研究員？

「はじめまして」と軽く会釈する。そのわずかな動きからも感じ取れることがある。体格がいいわりに身体の重心がぶれていて、芯《しん》の通っていない姿勢。スポーツとは縁遠い生活――つまりは、いかにも研究室でデスクに齧《かじ》りついてきたタイプ、という印象だ。

「教授の紹介で、お世話になることになりまして」

あいさつを交わしたあとでも、山内と名乗った研究員は立ったまま、席が空いているのに座ろうとはしない。手にしたカップを、温度を気にしながら口に運ぶ。猫舌のようだ。

「以前はどちらに？」

史世が問えば、「海外に」と返される。曖昧《あいまい》な返答だが、新見はこれといって気にかける様子はない。教授のお墨付きがあるからだろうか。

じっと見上げる史世の視線をどう理解したのか、山内は「ああ、ごめんごめん」と頭を掻く。

「オジサンがお邪魔しちゃ悪いね」

そう言うほどの歳《とし》には見えないが、山内は手にしたカップを軽く掲げて、「またあとで」と新見に声をかけ、背を向ける。その背が人ごみに紛れるまでを、史世はじっとうかがった。

その猫目が捉えるものを、見慣れた悪友の横顔を、向かいの椅子で新見が観察している。

「なんか気になるのか？」

山内の消えたほうに細めた視線を投げながら、新見が問う。史世は少し考えて、「いや……」と首を横に振った。

「素性なら疑いようがないと思うぞ。紹介者の教授はもう長く勤めてる人だし、いまどき大学側だって調べるだろうからな」

史世が首を横に振っているのに、新見はそんなふうに言う。

「なんでもないと言ってる」

感覚で捉えた問題を詮索するなと睨《にら》めば、いつもの飄々とした調子で肩を竦められた。

「ならいいけど」

俺には関係ないし…と、他人事のように言う。

史世がどんな世界とかかわっていようとも、関知しないのが新見のスタンスだ。自分の立ち位置を明瞭《めいりょう》にしていて、決して一定ライン以上踏み込んでこようとはしない。自分がかかわれる世界ではないことを知っているからだ。

その、ごく自然体の距離感は、新見にしかつくり出せないものだろう。だからこそ、こんなに長くつかず離れずの関係がつづいているのだ。まさしく、悪友といっていい。

コーヒーを飲み干した新見は、時計を確認して「じゃあな」と腰を上げる。軽く手を振って立ち去る背中を見送りながらも、史世の脳裏には、先に背を向けた長身の男の後ろ姿があった。

何が気になるのかと言われれば、明確なものがあるわけではない。

なのになぜか、ひっかかる存在感。

そう……存在感だ。あたりまえのものが、違和感をもたらす。

気配や存在感といったものは、当然誰しも持ち得るもので、容貌や性格、関係性などによって、強烈な印象を残す者もいれば、存在感の薄い者もいる。

史世にとっては、危険を感じるか感じないか、探りを入れるのはそこだけで、危険を感じさせさえしなければ、その他大勢《た》の一般人としてひとくくりに分類される。取り立てて意識する相手ではない、ということだ。

なのに、危険を感じさせない存在感が、史世の感覚にひっかかりを与えた。

その理由を考えていたら、またも感じる視線。

——……っ!?

だが、さっきの男のものとは違う。

あきらかにじっと見据える視線の主を探して気配を探ったときだった。

「ごめん！　お待たせ！」

店の入口方向から、客の波を掻きわけ、曄が小走りにやってくる。その隙《すき》に、視線は消えていた。

「……？　どうかした？」

ついさきほどまで新見が腰を下ろしていた椅子に荷物を置いて、曄が大きな目を瞬く。史世の目線を追って首を巡らせるものの、店内の様子に特別変わったところがないのを確認して首を傾げる。

「いや……視線を感じたんだが……」

「視線？」

曄は椅子を引いて、テーブルに肘《ひじ》をつく恰好で身を乗り出す。史世に顔を寄せて、「何かあった？」と声を潜めた。

「護衛の人数が少し増えてるか……でも、気配はピリピリしてない」

「うん……いつもとかわらない感じだね」

ということは、組織絡みではないのか。危険を感じたわけではないから、判断しがたい。

どうする？　と問う視線を向ける暲に、史世はしばしの思案ののち「気にするな」と返す。

山内という男のことといい、視線の件といい、気にならないわけではないが、だからといって何を探るほどのことでもない。というか、現状では何を気にかけていいのかもわからない程度の問題でしかない。

「何かあればすぐに飛んでくるだろうさ」

護衛が静かだということは、組織絡みの問題は起きていないと考えていい。ならば、自分たちは自分たちの日常をすごせばいい。

それに頷いて、暲は財布を手に腰を上げる。

史世ほどではないが、暲も細い身体のわりによく食べる。ややして戻ってきた暲の手にしたトレーには、グランデサイズのカフェモカにラップサンド、キッシュ、クロワッサン、デザートのチーズケーキが載っていた。

「お腹《なか》すいた～、教授の話長いから」

心底ぐったり…といった様子で、暲はまずは甘いコーヒーに口をつける。それからクロワッサンにかぶりついた。

もはや、先の視線云々《うんぬん》を気にかける様子は微塵もない。それくらい肚《はら》が据わっていなければ、組織とかかわって生きるのは不可能だ。

「用件を言いつけるついでに世間話に付き合わせたいだけだからな」

老教授の少々困った癖は学部内の評判で、人望者とはいえ捕まった学生に対しては、皆苦笑と同情を禁じ得ないのだ。

「史世はいっつもうまく逃げるのに」

そのコツを教えてほしいと、曄が口を尖らせる。

「もたもたしてないでさっさと講義室を出るだけだ」

「同じようにしてるよ」

他愛ない話をしながら、午前中の講義内容を復習する。分厚い六法全書を丸暗記するだけでもかなりの労力だが、それだけではすまないから学生は結構忙しいのだ。

「バイトはどうだ？」

氷見を押しきってはじめた、法律事務所でのアルバイトはどんな感じかと尋ねる。

「最初だから雑用ばっかりだよ。ファイル整理とかコピーとったりとか。でも、はじめてだからなんでも楽しいよ」

特別扱いはしないでほしいと依頼がされているため、所属する弁護士たちもパラリーガルたちも、普通の新人と同じように曄を扱っているようだ。史世も一年前は似たような状況だった。

自分たちの場合、司法試験に受かったら、司法修習が終わったら、さあどうしようと悩む選択肢など端《はな》からないのだから、積める経験は早いうちから積んでおくに限る。史世はもちろん曄も、行き着く先は組弁護士だ。

「でも、神崎《かんざき》先生とライバルらしくって、何かっていうと話題に登るんだよね」

黒龍会の顧問を務める神崎弁護士と、曄のパートナーである氷見《ひみ》が身を置く虎武《こぶ》連合の顧問を務める弁護士とは、長年のライバル関係にあって、ことあるごとに睨み合っているらしい。

根ざす侠の道は通じるところがあるものの、現代的な経済ヤクザの道を歩む黒龍会と、昔ながらのやり方を貫こうとする虎武連合とは、以前は相容《あいい》れない関係にあったのだから、その息のかかった弁護士同士が睨み合っていてもいたしかたない。そんな組織同士が手を組むことになったきっかけは曄自身だ。

「貴彬と氷見の関係に置き換えていいんじゃないか？」

「ああ……」

なるほど…と呟いて、曄はクスッと噴き出す。犬猿の仲というやつは、裏を返せば仲が良すぎる、ということだ。

「切磋琢磨《せっさたくま》しあえるからこそ、ってやつだね」

「……なんか違わないか？」

「そう？」

食事の間に、近況報告と講義の補足とを同時にこなす。買い込んだものがすっかり胃袋に消えたころには、学生たちの多くは午後の講義に向かって、カフェはランチタイムの喧騒が嘘《うそ》のように静かになっていた。

人の減った店内に視線を巡らせて、史世は周囲の気配を探る。

護衛の面々のほかは、邪気のない学生たちの放つものしか感じられない。平穏な日常だ。だがその裏に、何が潜んでいるかはわからない。


黒龍会の顧問弁護士を長く務める神崎率《ひき》いる《神崎法律事務所―Kanzaki Law Office―》には、この事務所に所属すべき理由を抱えた弁護士やパラリーガルなどが多数在籍している。

二次団体の組長と内縁関係にある女性弁護士もいれば、父親が傘下で組をかまえているというパラリーガルもいる。性質《たち》の悪いホストに騙されて借金を背負わされ、水商売に落とされかかったところを、組織と神崎弁護士に救われたという若い女性事務員も。

一方で組織と無関係の職員もいるが、もちろん彼らは《神崎法律事務所》がどんな仕事を引き受けているのか、知ったうえで働いている。その理由はさまざまだ。

貴彬が少年のころから那珂川の家に出入りしている神崎は、組織の何もかもを把握しているといっていい。それゆえに、法曹界にあっては黒い評判をつけられたりもするが、その老獪《ろうかい》さと敏腕ぶりは万人の認めるところだ。

神崎がなぜ黒龍会の顧問を引き受けることになったのか、その経緯については貴彬も詳しくは知らないという。黒龍会の先代——貴彬の父との間に、そのきっかけがあったのかもしれないが、神崎は語らないし、先代はすでに鬼籍だ。

だから史世は、神崎の言動ひとつひとつから、組弁護士としてのあり方を学ぶ。

だがそれは、《神崎法律事務所》に所属するスタッフ全般に言えるスタンスだ。あれもこれもと教えを請うのではなく、自分で考えて、動いて、立ち止まることがあれば、そのときはじめて、すべてを見ていたかのように老弁護士は助言をくれるのだ。

ほかとは少々違う事情を抱えたこの法律事務所が、円満に運営されている秘訣《ひけつ》といえるだろう。アットホームでありながらも、各自の仕事においては絶対の領域とプライドを保持している。

そんななかで、《神崎法律事務所》の急先鋒と言われる敏腕弁護士は、少々毛色の違った経歴の持ち主だ。任侠組織の顧問を引き受ける法律事務所に所属する弁護士が元検察官と聞けば、誰もが驚くだろう。

「向こうの過失だろう？　もう少しなんとかならないのか!?」

「過失というのは、どんな場合であっても一〇〇対ゼロにはならないものなんだ！　しかたないだろうがっ！」

ソファのローテーブルに書類を広げてそれに目を通す史世の横で、ふたりの男がさきほどから睨み合っている。喧々諤々《けんけんがくがく》の舌戦は、今日に限ったことではない。このふたりが仕事がらみで顔を合わせると、かならずと言っていいほどこうなる。

片や《神崎法律事務所》に所属して間もないものの、すでに事務所の顔と言われるほどの辣腕《らつわん》ぶりを見せるヤメ検弁護士。片や、黒龍会傘下の古参一家に身を置く幹部。ちなみに、検察官を辞めて弁護士に転職した者を、ヤメ検弁護士と呼ぶ。

意見を戦わせるときに両者ともに譲らないのは、背負った肩書ゆえの責任感からではない。もちろんそれもあるが、それ以上に、ふたりの付き合いが長いがゆえだ。

角鹿《つぬが》を名乗る組織幹部は、記憶を失《な》くして行き倒れていたところを、角鹿一家の先代に助けられ、その縁で今現在は角鹿姓を名乗っているが、本名を九頭見《くずみ》という。弁護士の天瀬《あませ》とは高校時代からの付き合いで、行方知れずになった九頭見を追う過程で天瀬は検察官を辞め、組弁護士になってしまったのだ。

表向き角鹿を名乗る男を、天瀬だけが堂々と九頭見と呼び、組織の人間たちは角鹿と呼ぶ。ややこしいが、天瀬にとっては譲れない拘《こだわ》りらしいから周囲が合わせるよりない。

「さすがに口は達者だな、ヤメ検殿」

わかりやすく投げられる嫌味には、

「弁護士の論が立たなくてどうする」

商売上がったりだ、と辣腕弁護士は腕組みをして憮然《ぶぜん》と返す。言ったほうの男が、それもそうだと小さく笑った。

するど途端に、張りつめていた空気がゆるんで、互いにニヤリとしたり顔。喧嘩《けんか》するほど仲がいいとはよくぞ言ったものだ。どうやら気がすんだらしいと、先ほどから口を開くタイミングをうかがっていた史世は、書類に落としていた視線を上げた。

「天瀬さん、これなんだけど」

「ああ、ごめんごめん、えーっと――」

史世に呼ばれて、ニッコリと極上の笑みで返す天瀬の向かいで、角鹿がピクリと眉を反応させている。

ふたりの会話に割って入られたのが気に入らないのだ。――が、立場上はもちろん天瀬の不興を買いたくないために何も言えず、黙すしかない男の都合など当然わかった上で、史世は隣の天瀬に身を寄せた。

「交通事故鑑定のことところ……使えると思います」

「なるほど、そうだね……ここを突破口に――」

次の公判に備えてのミーティングの途中で、天瀬と角鹿は意見を戦わせはじめてしまったのだ。組織の法務担当という肩書を持つ角鹿は、九頭見を名乗っていた当時は天瀬と同じく検察官職にあったから、どうしても口を出したくなるのだろう。

公判に使われる資料は山のようにある。そのすべてに目を通すだけでも大変な労力で、資料作成やまとめまで弁護士にはとてもしていられない。

それをフォローするために、パラリーガルと呼ばれる専属事務員がいるのだ。史世は、パラリーガルの資格は所持していないが、事務所内において天瀬をフォローする立場にある。弁護士資格を取得するまでに、できるかぎりの経験を積むためだ。

そもそもは、貴彬の抱いた夢だった。

任侠人だった祖父と父を間近に見て育った貴彬は、極道とは違う道で義侠に生きる男たちを救おうと考えた。

おりしも、昔ながらの極道のやり方が通じなくなりはじめていた時代。警察の強硬姿勢。そうしたものに対抗し得るだけの組織力を固持すると同時に、時代にそぐう別の力の必要性を強く感じていたのだ。

だが、男の望みが遂げられることはなかった。

一度は胸に金のヒマワリをつけたとはいえ、その能力を活かしきる前に奪われたのだから、望みはかなわなかったと言っていい。

黒龍会の先代が遺言を残して凶弾に倒れたとき、貴彬のスーツの襟元には、まだ金のヒマワリがあったのだ。亡父の遺志を継いで組織を引き継いだときに、それは一方的に押しつけられた世論と社会規範の名のもとに剝奪《はくだつ》された。

それなら自分が男の無念を晴らそうなんて、傲慢《ごうまん》な想いはなかった。なかったと、自分では思っている。それでもたしかに、向け場のない怒りを抱えていた。そのきっかけをつくってしまった自分自身への憤りだ。

史世の決意を聞かされてからずっと、貴彬はあがいている。頼もしく思う一方で、組織にかかわらせてはならないと思う理性とが、諦め悪く闘っているのだ。

保護者兼務の恋人が抱く少々面倒な心の機微を、史世はサラリと受け流し、ときには叱咤《しった》し、それでもダメならゴリ押しして黙らせる。一年前、大学入学を機に《神崎法律事務所》でアルバイトをすることになったときも、そんな経緯だった。

史世が直接話したわけではないが、組織にかかわる以上、情報は伝わるものなのだろう。史世の覚悟を知るがゆえに、事務所の面々は経験や知識を余さず授けてくれようとする。それはとてもありがたいことだ。

それは天瀬も同じで、検察官時代に得た知識まですべて、惜しまず開示してくれる。それに報いる手段は、与えられた知識を余さず吸収することだけだ。

「おおい！　みんなそろっておるのか？」

エントランスの自動ドアが開く音がして、明るい声がオフィスに響く。外出していた神崎が戻ってきたのだ。

「お帰りなさい、先生」

「お疲れさまでした」

近くにいた何人かが声をかける。

「おやつじゃぞ。みんな休憩にせい」

ほくほくと言うその手には、大きなショップバッグが提げられている。それを一度持ち上げて皆に見えるように掲げてから、打ち合わせ用の丸テーブルに置いた。席を立った女性陣が、テキパキとお茶の用意をはじめる。

いつもの光景だ。打ち合わせを切り上げて、史世たちが腰を上げたときには、お茶の準備はほぼ整っていた。

「わー、美味しそう！」

「はじめてのお店ですね！」

パティスリーのロゴの入った大きな箱から、おのおの好きなケーキを選んで、ソファ席に移動する者もいれば、そのままデスクに戻って食べながら仕事をつづける者もいる。

史世は、スタッフたちの様子をうかがいつつ、ミルクのたっぷりと入ったコーヒーを満足げに口に運ぶ神崎の隣に腰を下ろした。すると、全員が取り分けたあとの箱が、史世の前に置かれる。そこにはまだケーキが五つ残っていた。

そのなかのひとつ、チョコタルトを皿にとって、まずは口に運ぶ。残りの四つは、苺のズコットと桜のモンブラン、それから大納言《だいなごん》ロールにキャラメルシュークリームだ。チョコタルトをペロリと平らげて、史世は神崎の顔を覗《のぞ》き込んだ。

「で？　いったいなんの用だったんだ？」

神崎はチラリと視線を寄こしたものの、素知らぬふりでコーヒーカップを口に運ぶ。

「なんのことじゃ」

外出目的はわかっているのだと問い詰めても、さらに惚《とぼ》けられて、史世は何をいまさら…と、キャラメルシュークリームを手掴みする。

「惚けるなよ。貴彬に呼ばれてたんだろ？」

「儂《わし》が出向いていたのは警察じゃぞ」

「その用件が、組織がらみなんだろう？　って訊いてるんだ」

指についたカスタードクリームを舐《な》めとりながら、史世は神崎の横顔をうかがう。老獪と評されるベテラン弁護士も、史世のおねだりには弱かった。

「しょうがないのお」

本当に誤魔化《ごまか》す気があったのかと突っ込みたい早さで白旗を上げた神崎は、「桜のモンブランが季節限定で美味いらしいぞ」などと言いながら、さてどこから話そうかと考えを巡らせるそぶりを見せる。

「弁護士《せんせい》」

史世限定とはいえ、いささか口の軽い傾向にある弁護士を諌めようと口を挟んできたのは角鹿だった。なるほど、緘口令が布かれているらしい。ということは、何かしら剣呑《けんのん》な事態が起きている、ということだ。

史世の頭にあったのは、昼間に大学で感じた視線の件だった。山内と名乗った研究員のこともひっかかるが、顔を見せない存在のほうが気にかかる。

自分に近づく何がしかの気配があるのだとすれば、黒龍会絡み以外にはありえない。そのうえで神崎が組織絡みの案件で外出していたとなれば、おのずと答えは見えている。

「まぁ……たいした話ではないんじゃがな」

神崎は、角鹿の視線を気にしながら、ううむ…と唸《うな》る。いったん口を開いてしまった以上、話さないことには史世が納得するはずはないし、かといって堂々と組織のトップが布いた緘口令をやぶるわけにもいかない。

「ここのケーキは美味かったか？」

話を逸らしたかったのだろうが、無理がありすぎた。少し離れた場所で、スタッフの何人かが「ぷっ」と噴き出す。

「……ジイサン……」

史世は、白い指で額を押さえて嘆息をひとつ。

すると、ビルの外から耳に馴染んだ車のエンジン音が聞こえて、史世は長い睫毛を瞬かせた。そして、薔薇色の唇の端をニンマリと上げる。その口に、残りのケーキがペロリと消えた。

「わかったよ。一番よく知ってそうなやつから聞くことにする」

ジイサンにも立場ってもんがあるからな、と使った食器とカトラリー類を手に腰を上げる。キッチンで洗い物を片付けて、天瀬に先に帰る旨の了解をとった。

神崎を止めた角鹿はというと、命令に従って行動したはずが、タイミングの悪さが仇《あだ》となって事態を悪化させてしまったことが予測されるうえ、隣の天瀬にも睨まれて、立場上何も言えないのか微妙な顔をしている。こちらの力関係も実に明白だ。

「お先に」

「お疲れさま」

ニッコリと返してくれる天瀬と、残業を決め込むスタッフたちにあいさつをして、オフィスを横切る。

「……ほどほどにせぇよ」

エントランスの自動ドアが閉まる直前、呆れと疲れの入り混じった神崎の呟きが背中から聞こえて、史世は白い手をひらりと振った。

ビルを出て、歩道脇《わき》に一時停車した車に駆け寄れば、タイミングを見計らったように内側から開けられる助手席のドア。史世が身を滑り込ませると、シートベルトをするのを待って、車が発進する。

「早かったんだな」

さほど待たされなかったのを不思議に感じたのか、貴彬がそんな言葉を寄こす。それを完全にスルーして、史世は先の用件を切り出した。

「また何かあったのか？」

運転手を使うのではなく自らステアリングを操る貴彬は、視線を前に向けたまま、「とくに何もないが」と返してくる。

「なんでだ？」

チラリと視線を寄こされて、史世は感情を悟らせない横顔を、車のウインドウに肘をついた恰好でうかがった。

「なんでだと思う？」

史世が何を聞いたところで、いつだって誤魔化す気満々なのだから、表情から汲《く》み取れるものはさしてない。貴彬の口許には、愉快そうな笑みが浮かぶのみだ。

史世のまわりで何が起きているのか、今日一日をどうすごしたのか、すべての報告が男のもとに逐一届いている。

そうまでして守られる必要はないと、突っぱねるのは簡単だ。だが問題はもっと複雑で根深く、史世ひとりの感情でそれを拒絶することはかなわない。

以前は、我慢ならないと突っぱねていた。けれど、それが必要な状況に置かれることもあると、史世はもちろん、同じ立場にある曄も晁陽もほかの面々も、すでに学んでいる。

ということはつまり、今日史世が気にかけていたことについては、さして問題はない、ということになる。何かあるのなら、貴彬は史世がウンザリするほど心配するからだ。

「ってことは、神崎のジイサンが呼ばれた用件のみ、ってことだな」

史世が気にしていた視線云々と、神崎の外出目的は繋がらない、ということだ。

史世の呟きを聞いて、貴彬はまたチラリと視線を寄こした。その視線を受けて、史世はスウッと目を細める。それを受けた貴彬は、さすがに言い飽きてきただろう言葉を紡ぐべく口を開いて、しかし半ばで史世に邪魔された。

「おまえが気にすることでは――」

「――ない、って言うんだろう？　いちいち言わなくてもわかってる」

可愛げのない言葉を返せば、大仰に零れる嘆息。

「わかっているのなら――」

「――首を突っ込むな」

「……」

そろそろ掛け合い漫才に近くなってきた会話こそがいつものことで、車内には空しい空気が満ちている。根競べのつもりで貴彬の横顔を睨んでいた史世は、手のなかの携帯電話のディスプレイを流れる文字に気づいて、テンキーを操作する。

ディスプレイに流れる文字は、テレビでいうところのいわゆるニュース速報といったところか。随時ニュースが流れるサービスに契約しているのだ。

記事にザッと目を通した史世は、「警察が動いてるんじゃないか」と呟く。貴彬は、このときはじめて、「なんだと？」と眉根を寄せた。

「ニュース、流れてる。ナガトモ工業の長侶《ながとも》社長って、たしか古い付き合いなんじゃなかったか？」

携帯電話のディスプレイをステアリングを握る男に向けながら言えば、「やけに早いな」と呟く。

なるほど、神崎の用件とはこれだったわけだ。

「失踪？　失踪するような問題なんて、抱えてたか？　あの会社」

ニュース記事を読みながら言えば、いまさらだと思ったのだろう、貴彬はようやく口を開く。

「それらしい問題はいまのところ見当たらん」

理由がはっきりしないから、調査させているところだと言う。

「ってことは、事故か事件に巻き込まれたとか？」

不測の事態が起きたのだろうかと、当然その線ですでに調べがなされているのだろう指摘を投げれば、貴彬はその口許に少々苦い笑みを浮かべた。

「警察は、うちのせいにしたいらしいがな」

警察は、フロント企業と位置づける会社社長の失踪を、組織の不興を買ったためとして捜査をしているらしい。史世は啞然《あぜん》と目を見開いた。

「……マジ？」

無駄なことを…と、呆れたため息をひとつ。真実を捻《ね》じ曲げてまで組織を潰したい警察側の思惑など、わかりやすすぎて憤りも湧《わ》かない。

　それでも、火のないところに煙を立てられる危険性だけは取り除かなくてはならない。「そういうことか」と納得して、史世はシートに背を沈める。それを見た貴彬は、「どうした？」と今度は小さな笑みを浮かべた。

「ずいぶんとアッサリしてるんだな」

　いつもなら、止めようが諫めようが、首を突っ込んでくるだろうに、と言われる。

「ロクな情報もないんじゃ、分析のしようもないだろ？」

　現時点でどうしろと？　と胡乱《うろん》な視線を向ける。だが、貴彬の横顔にわずかな翳りが見て取れることに気づいて、史世は口調を変えた。

「警察は死んでるって思ってるんだな」

　その呟きは、重く車内に響く。

　誘拐なら、とうに身代金についての連絡が入っていておかしくない。それがないということは、生存の望みは薄いと考えられる。

「そのようだな」

　返す貴彬の声も重かった。ナガトモ工業は、組織とのかかわりにおいて特別大きな利益を生み出す会社ではないが、組織以上に那珂川家との関係が密で、仕事を抜きにしても長侶社長とは付き合いが深かったのだ。

「長侶社長、家族いなかったか？」

「娘はまだ中学生だ」

妻子は、長侶社長の無事を信じて帰宅を待っている。それも憂慮する問題のひとつだと、貴彬は苦い顔で返す。

やさしい男は、他人の痛みを自分の痛みとして受けとめてしまう。下々まで目が届かなかったのはトップに立つ自分の責任だと考える。だからこそ、組織は絶対のピラミッド統制を維持しているわけだが、それゆえ頂点に立つ男に課せられる使命や責任は生半可なものではない。

その憂いを、見せたくなかったのだろうと、察することは容易だった。だからこそ、緘口令を布き、何かあったのかと問う史世に対しても、誤魔化そうとした。

何かあるたび、史世に対して、ひとりで抱え込むなと言うくせに、自分こそ、何もかもひとりで抱え込もうとする。それが己の役目だとでも言いたげに。

それを指摘するかわりに、史世は呟く。

「……そっか」

無事に見つかるといい。望みがどれほど薄くても、はじめからゼロだと決めつけてかかるより、一パーセントの可能性にかけるほうがよほど建設的だ。人間感情としても、より健全と思われる。

そう考えると、今の警察組織のあり方は、いったいどれほど歪んでいるのか。人ひとりの命を憂うどころか、ひとりの人間の失踪を、これ幸いと利用しようとするなんて。

ときおりふたりの前に姿を現す警察官僚とその部下の姿を思い出し、その苦労を想像して、史世は眉間に皺を刻む。

「おまえのほうは？」

「……？」

ふいに話を変えられて、史世は長い睫毛を瞬いた。

「何かほかに気にかかることがあったんじゃないのか？」

神崎の外出目的を聞きだしたかっただけではないのだろう？　と訊かれて、護衛の面々からいったいどこまで報告が上がっているのやら…と苦笑する。

「ん〜？　大学に若くてハンサムな新しい講師が来たことくらいか？」

山内と名乗った男は研究員であって講師ではないし、学部が違うからかかわりもないのだが、思い出したついでもあって話のネタに使わせてもらう。貴彬の眉間にわかりやすく縦皺が刻まれた。すでに身辺調査に動いているのだろうに、面倒なオヤジだ。

史世は、しょうがないな…と腕組みをする。

この冬のことだ。組織絡みの事案で、小学生の男の子を保護した。少年に懐かれてしまった史世は、最後に可愛らしいプロポーズを受け、一方の貴彬は、将来いい男に育ったら史世を巡って決闘してやると約束したのだ。

そのときに少年から贈られたキスは、史世にとっては微笑ましいばかりのものでしかなかったものの、男にとっては子ども相手と割りきれるものではなかったらしい。

「多少のことに動じない余裕は持てないのか」

いいかげん、子どもも相手にまで妬くのはカンベンしてほしい。黒龍会のトップともあろう男が情けないと、すでに何度も言っているはずなのに。

憮然とする横顔を、史世は愉快気にうかがう。

そうこうしている間に、マンションの地下駐車場に滑り込んだ車が定位置に停まって、史世はシートベルトを外した。——が、ドアを開けることはかなわなかった。

「おい……っ」

ドライバーズシートから伸びてきたリーチの長い腕に捕らわれて、シートに引き戻されてしまったからだ。

「おまえにかかわることに限っては無理だな」

いまさらのように返される、先のやりとりへの応《いら》え。平然と言うのを聞いて、呆れるのも通り越してグッタリする。

「あっそ」

じゃあもう好きなだけ妬いていればいいと、のしかかる肩を押し返す。だが、大きな身体はどかなかった。ガクンッと視界が揺れて、シートがリクライニングされる。身体が倒れきる前に膝を蹴《け》り上げたが、あっさりと躱《かわ》された。

睨み上げる視線の先には、愉快そうな光をたたえた黒い瞳。細められたその中心に、自分が映り込んでいる。

「カーセックスはカンベンだな」

男の後ろ髪に指を絡めながら、眇めた視線で下からうかがう。

「心配するな。俺もだ」

その返答には、「どうだかな」と返す。ずいぶん昔に、車中であれこれされた記憶があった。

それでもひとまず、のしかかる重みに誘われて瞼《まぶた》を落とす。

いつもと変わらない夜。

けれどその裏で、闇の奥からじわじわと姿を覗かせはじめていた剣呑な事態は、急激な展開を見せようとしていた。

3

朝、出社するや否やその報告を受けた貴彬《たかあき》は、眉間に深い皺を刻んで、デスク脇に立つ筆頭秘書を見上げた。

「妻子の安否は？」

「人的被害はありません。おふたりともすでに保護ずみです」

例の社長失踪事件の続報だ。妻子が外出している間に、家が荒らされたというのだ。

リビングダイニングも各人の私室も客間も、どこもかしこもまるで竜巻の被害にあったのかと思わされるほどの荒らされようで、業者を入れなければ、とてもではないがもとどおり住める状態にならないという。

「警察に通報する前に連絡がきましたので人をやって確認させました。空き巣に見せかけているようですが、目的はほかにあるのではないか、とのことです」

組織には、元刑事の肩書を持つ者が何人かいる。いずれも自らの意志で警察に背を向けた者たちだが、彼らの経験値はこういったときに実に役に立つ。

どう読む？　と、貴彬は視線で秘書に問う。意見を求められた帯刀《たてわき》は、貴彬のデスクのパソコンを操作して、いくつかのデータを呼び出した。

「長侶《ながとも》社長の周辺を洗わせたところ、ひとつ気になる情報がありました」

そう前置きして、データを指し示しながら、端的に今回の事件の概要と思われる点を述べる。そうして、明晰《めいせき》な頭脳が導き出した答えは、極道の範疇《はんちゅう》を大きく逸脱する内容だった。

「外為法《がいためほう》違反が絡んでいるのではないかと」

あまりにも予想外の言葉を聞いて、貴彬は眉間に盛大な縦皺を刻んだ。

「……なんだと？」

たしかにナガトモ工業は海外とも取り引きをおこなっているが、輸出規制品の不正輸出に絡む犯罪に、生真面目な長侶社長が関与していたなど考えられない。そう返せば、長侶のひととなりを知る帯刀も、それはもちろんと頷く。

「ナガトモ工業の取り引き先に、輸出規制品を扱う会社があります。まだ調査途中ですが、おそらくはそこが」

外《外》国為《為》替及び外国貿易法《法》違反とは、外国為替や外国貿易、その他の対外取引に対しての必要最小限の管理又は調整を定めた法律のことだ。対外取引の正常な発展、国際社会の平和と安全の維持、日本国経済の健全な発展に寄与することなどが目的とされている。

一般人にはなんとも理解しにくい法律だが、ニュースなどで一番よく耳にするのは、輸出規制品に絡む違反事例だろう。

その目的でつくられた製品ではなくても、たとえば精密機器など、武器転用が可能な製品は、勝手に輸出することができない。一方で、拳銃の部品などを日本に輸入することも当然禁止されている。テロ国家といわれる某国に対しては、贅沢《ぜいたく》品の輸出も禁止されていて、許可なくピアノを輸出した業者が摘発された事例がある。

犯罪とわかっていて金のために行う者もいれば、無知の結果犯罪を犯してしまうこともある。前者においては、なかには許認可を与える立場にある役人を抱き込んで行う悪質な例もあって、ここ最近の不況も影響しているのか、目先の利益を前に悪魔に魂を売る経営者や関係者が増え、ニュースでも頻繁に耳にするようになった。

発覚すれば当然、社会的制裁を受ける。

ゆえに、関与する会社は、何がなんでも隠蔽《いんぺい》しようとする。

そこへ、何かしらの力――暴力的なものであれ、公権力であれ――がかかわっているとなればなおのこと。人ひとりの命など、隠蔽工作の前には塵《ちり》にも等しいだろう。

「何かの拍子に、長侶はそれを知ってしまったということか」

「まだひとつの可能性でしかありませんが、ありえるのではないかと」

自宅を荒らしたのは、証拠になるような何かが長侶の手元にあったのか、それともその可能性を考えたためか、もしくは目くらましか。

「あるいは脅しということも」

帯刀が、貴彬の言葉を補足する。

「だが、家族は何も知らない」

妻は、黒龍会との繋がりについては知っていても、夫の会社の内情までは知らされていない。

「我々への、ということも考えられるのでは？」

ナガトモ工業が、黒龍会のフロント企業であることを知っている者であれば、それもありうると帯刀は言う。

「だとすれば、裏事情に通じているやつらの仕業、ということになるな」

あるいは、悪事を働いている人間のなかに、裏の世界と通じている人間がいるのか。だが今回は、仁侠界とは種類の違う力のように感じる。

「油断をするなと伝えろ。こちらに犠牲者が出ては意味がない」

秘密を守るために拉致されたとなれば、ますます生命は危うくなる。となれば必然的に、黒龍会側の危険度も増す。貴彬は沈痛な面持ちで、極力注意を払いつつひきつづき情報を集めるように指示を出した。

「御意に」

返す帯刀の声にも、いつにない硬さがある。その事実が、事態の深刻さをより知らしめる。感情の揺らぎをおもてに見せないクールビューティーといえども、付き合いの長い貴彬には、わずかな感情の機微を汲み取ることが可能だ。

「護衛は――」

「ご心配なく」

史世《あやせ》を筆頭に、構成員以外の組織にかかわる者たちの護衛を強化しろと命じる言葉に返されるのは、とうに手配ずみとの頼もしい応え。貴彬が小さく頷くのを受けて、帯刀は一礼を残し、重厚なドアの向こうに消えた。


秘書室に戻る廊下の途中で足を止め、帯刀は手にした報告書のファイルの一番下にあるものを、そっと確認する。

あるひとりの男の身辺調査の報告書だ。

どこにも問題などない、ありふれた人生を歩む平凡な人間の日常が、望遠カメラの映像とともに切り取られている。

ありふれている、まさしくそこに、意味がある。

黒龍会の情報網をもってしても、害のない一般人だとしか調べがつかない、ひとりの男。史世の一定距離圏内に近づかなければ、調査対象にすらならなかった。

結局貴彬に報告しなかったそれを、帯刀は元あった場所にしまい込む。

いつものことだ。問題がなければ、報告などしない。だから今回も、報告しなかった。組織の頂点に立つ貴彬の耳に何から何まで報告を上げていたら、組織は立ち行かなくなる。その必要性を取捨選択するのも、秘書である自分の役目だ。

それだけだ。

意識的にはじいたわけではない。

感情を映すことの少ない冷然たる眼差しに宿る、わずかな憂い。その存在も正体も、当人以外に知るよしもない。

視線を感じていた。

先日、曄《あきら》と待ち合わせていたカフェで感じたのと同じ視線だ。

史世は大股《おおまた》にキャンパスを横切って、門を出る。曄には、氷見《ひみ》のつけた護衛と一緒に先に帰るよう言い置いてきた。ひとりになることで、視線の主をあぶり出そうと考えたのだ。貴彬のつけた護衛の面々はついてきているから問題ない。

あの山内《やまうち》とかいう男だろうか。

史世の思考の端には、どうしてもあの男の存在がひっかかっている。

それとも、分裂し、より凶悪化した極統会の一派だろうか。

以前史世は、不可抗力とはいえ、その決定打ともいえる原因をつくっている。極道者なら堅気に手出しなどしないが、暴力団化した組織はその限りではない。

だがそちらの問題も、分裂した極統会のもう一派——こちらは昔ながらの極道のあり方を取り戻そうとしている——が目を光らせているはずだから、考えにくいのだが……。

さらにもうひとつの可能性は、例の社長失踪事件だ。貴彬は、安否を心配しながらも、組織をゆるがすほどの大きな問題となり得る事件ではないと考えている様子だった。問題は長侶社長の安否だけと捉えているようでもあった。しかし本当にそうだろうか。

視線の主はたしかに史世を追ってくる。

だが、その気配がやけに乱れていることに、史世はすぐに気づいた。いや、乱れている、というよりは、あまりにもあからさますぎるといいか、とにかく玄人の鋭さを感じない。これほど執拗《しつよう》な視線を送ってきているわりに、それは奇妙な気配だった。

人けのない公園に入ったところで、史世は様子をうかがう。その声は、頓狂《とんきょう》に響いた。

「あれ?」

史世を見失ったのだろう、視線の主が発したものだ。

「おかしいな」

どこへ行ったんだろう…と、呟く。その声のあまりの呑気さに、史世は長嘆した。

「なんの用だ？」

木陰から姿を現わせば、驚いた様子で顔を向ける。

長身の、整った容貌の男だった。年齢は三十歳そこそこだろうか。あるいはもう少し上か。スーツに、少しゆるめたネクタイ。はおっただけのジャケットはボタンが留められていないが、崩れた印象をうけない。それがさまになるだけの容貌の持ち主、ということだ。

問いを向けられた男は、涼やかな瞳を瞬いて、史世を凝視する。

一歩近寄っても、立ち尽くしたまま。

「なんの用だと聞いてる」

ここのところずっと自分を見ていたのはおまえだろう？　と問えば、やっと「バレてたの？」とゆるり…と目を見開いた。

あまりの反応の鈍さに、史世のなかで違和感がむくむくと頭を擡《もた》げる。

——こいつ……。

感じ取った匂いは陽《よう》のもの。闇の気配を感じない。だが、それだけで信じきれるほど甘い世界でないこともわかっている。

「お下がりください。ここは我々が」

音もなく進み出たのは、姿を見せることなく任務についていた、史世につけられている護衛チームのリーダーだった。たしか嘉威《かい》とかいった。そもそもは貴彬のために帯刀がどこからか招聘《しょうへい》してきた人材だ。相手の出方が読めない場合、姿を見せてわかりやすく威嚇《いかく》するのも、ひとつのやり方だ。

「あんた誰だ？」

目をパチクリさせていた男は、嘉威の無言の威嚇を受けても怯《ひる》むことなく、それどころか眉間に皺を寄せてみせる。

「貴様こそ何者だ？」

わかりやすい威嚇を向けると、今度はムッと口を歪めた。

「君こそ、その子のなんだ？　俺はその子に用があるんだ！」

「あとをつけまわしていたやつが、よくものうのうと言うものだ」

「つけまわしたりなどしていない！　俺は――」

そこへかかる、睨み合う空気を制する穏やかな声。

「あれ？　小田桐《おだぎり》さん？」

史世の耳には、聞き覚えのありすぎる声だった。新見《にいみ》だ。

「……新見くん？」

小田桐と呼ばれた男も、少し肩の力を抜いて、ゆったりとしたストライドでやってくる新見に顔を向ける。帰る途中なのだろう、大きなバッグを肩から提げた新見は、公園を突っ切ろうとしてたまたま通りかかったらしい。

「新見、知ってるのか？」

「ん？　非常勤講師の小田桐さんだけど？　どうかしたのか？」

嘉威と睨み合ったままの男を示して問えば、それが何か？　と返される。小田桐は、この春から医学部にやってきた非常勤講師で、期間限定ではあるが、特別講義をするのだという。

だが、史世が新見から小田桐の素性を聞き出す前に、とうの本人の口から、この場にいる一同――木陰に隠れて姿を見せていない護衛の面々までもを固まらせる爆弾発言が落とされた。

「新見くん、彼女のこと知ってるのかい？」

言葉の向く先が史世であることを確認して、さすがの新見も唖然と目を瞠《みは》る。史世はスッと目を細め、傍らの嘉威は眉間の渓谷を深くした。

「……」

場に満ちる、なんとも渇いた空気。だが言った本人だけが、それに気づいていない様子。「なんだ、だったら紹介を頼めばよかったよ」などと、呑気な言葉がつづいて、一同を襲う脱力がひどくなる。

つまりは、史世を女性と間違えて、どう口説こうか考えていたと？

執拗に感じた視線は、そういう意味だったのか？　消えるタイミングの絶妙さは、偶然だったとでも言うのか。

新見がそのまま足を踏み出そうとするのに気づいて、史世はちょっと待て、と引きとめた。

「……誤解は解いていけ」

おまえの役目だ、と言えば、

「俺が？」

しょうがねぇなぁ…と頭を掻いて、新見は小田桐に向き直る。そして、噛《か》んで含めるように言った。

「小田桐さん、残念ですが、史世は男ですよ」

言われた小田桐は、数度目を瞬いたあと、その整った面《おもて》に、あからさますぎる驚嘆を浮かべた。

「えぇっ⁉」

その驚きが芝居かがって見えるのは、あまりにも素直すぎる反応だからか、それとも完璧《かんぺき》すぎる演技ゆえなのか。悩むのは、例の山内という研究員の存在といい、長侶社長の失踪といい、ここのところ、どうにもすっきりとしない事案がつづいているためだ。

「普通は声でわかると思うんですけどね。それに骨格が違うでしょ」

一応医者なんだから、わかるでしょうに、と新見が苦笑気味に言う。小田桐は、お恥ずかしい…と恐縮しながらも、それでもまだ信じられないといった顔で、史世をまじまじと見やった。

その瞳の奥をじっと見返せば、躊躇《ちゅうちょ》なく受けとめられる。史世は、いくらかの驚きをもって、それを確認した。口許に、愉快気な笑みが刻まれる。

なるほど、執拗な視線はこの種のものか。

史世に対してまっすぐな視線を向けられる一般人は少ないから、やけにひっかかったのだと納得した。普通は直視するのを躊躇するものに対して、臆《おく》せずまっすぐに視線を向けられる人間は、実のと

ころあまり多くない。日本人ならなおのことだ。

「いや……海外暮らしが多いから、もっと体格のいい女性は多いし、声だってハスキーだなくらいにしか……こんなに綺麗な子が男だなんて……」

言われてもまだ信じられない様子で、小田桐は史世を見やる。

そういうことなら、好きに驚いていればいい。こちらの関与するところではない。――と言いたいところだが、さてこの男をどうしたものか。

「じゃあ、俺はここで」

迎えが来たみたいなんで、と新見は軽く手を上げて、公園を突っ切っていく。公園の向こう側には幹線道路に通じる生活道路が走っているのだ。木々の向こうに車のボディがうかがえる。なるほど、年上の恋人のお迎えというわけだ。

「……あいつ、逃げたな」

できればこの面倒そうな色男を引き取ってほしかった。新見なら適当にあしらうだろうに。

さてどうしたものかと思いつつ、護衛を下がらせる。小田桐から向けられるまっすぐすぎる視線が天然のものであっても演技であっても、ひとまず危険はないだろう。すでに本部に報告がいって、小田桐の素性を調べはじめているはずだ。

「いや、驚かせるつもりはなかったんだけど……悪かったよ」

一歩後ろに下がった嘉威を気にかけつつ、小田桐は史世の前に立つ。はじめまして、と自己紹介する、その声も笑みも、陽の匂いを感じさせるもので、史世は長い睫毛を瞬いた。ある人間に通じるものを感じ取ったからだ。絶対に闇に染まらない、太陽の存在感。大きな茶トラ猫を抱いた友人の姿を――。

臆することのない瞳は、誰にでも持ち得るものではない。闇をも照らす太陽の明るさは、単に性格が明るいとか、純粋だとか、そんな単純なものではない。心のありようが、闇を照らす光を生む。

嘉威はまだ警戒を解いていない。だが史世のなかでは、結論が出た。

「海外って、どこへ行ってたんだ？」

男の素性を訊き出す意図もあって問う。

「前回は中東のほうにね」

返されたのは、意外な言葉だった。

「ずいぶんとキナ臭いところだな」

大学病院で研究に明け暮れているのが似合いそうな風貌に見える。なのに紛争地帯とは。

「僕は医者だから……国境なき医師団って知ってるかい？　そこのスタッフなんだ」

非常勤講師として、そのあたりの経験を学生たちに話して聞かせる特別講義を依頼されているのだと明るく話す。史世は、小田桐の経歴に興味を持った。

貴彬が金のヒマワリを剝奪されて、自分が弁護士になろうと決める以前、史世の志望は医学部だった。早くに事故死した妹の存在があったからだ。だから、小田桐の持つ特異な経歴に興味が湧いた。

国境なき医師団というのは、国際的に医療や人道援助を行う非営利団体のことだ。主に紛争地帯や貧困国においての緊急医療援助を目的としていて、医師や看護師など五千人近いスタッフを擁している。一九七一年の設立以降、活動は寄付金によって支えられ、世界六十五カ国以上で活動を行っていて、ノーベル平和賞も受賞しているほど。日本人スタッフも多いと聞く。

史世が自分に興味を抱いたのを感じ取ったのか、小田桐はあきらかにホッとした顔で、「お茶でもどうかな？」と提案してくる。背後の嘉威が威嚇の気配を漲《みなぎ》らせても頓着しない……いや、気づいていない。

「彼はもしかしてボディガード？　すごいね」

最初は彼氏なのかと思ったんだけど、などと笑って言う。その発言に一番呆れた空気を醸したのは、史世ではなく背後の嘉威だった。

「どこのお嬢様なの？　……あ、いや、お坊ちゃまか……」

呑気な言葉を聞いて、史世は口許に小さな笑みを浮かべる。それを見た小田桐は、パアッと顔を綻ばせた。

せっかくの二枚目が台無しだ。よくいる、黙って立っていればイイ男なのに、と言われてしまうタイプだろう。表情が豊かなのだ。

そんなところもやっぱり、晁陽《あさひ》に似ている。

そう思ってしまったらもう、史世のなかで小田桐の位置づけは決まってしまった。

「海外生活の面白《おもしろ》い話を聞かせてくれるんなら、付き合ってもいいけど？」

けれど、自分は男だし、それでもいいのか？　と言う前に、小田桐が歓喜の声を上げた。

「本当!?　やった！」

背後の嘉威がムッとしている。護衛の面々が個の感情を表に見せることはめったにない。なかでも嘉威は優秀な人材だ。その彼が感情を抑えきれないでいる。それは、陽の気にこそなせる技だ。どんな深刻な場面にあっても、晃陽と茶々丸がいるだけで、集う一同が和むのと同じ理屈だと史世は理解した。

「どこがいいかな？　久しぶりの日本だから、お店とかよく知らないんだ」

小田桐がそう言うのを受けて、史世はそれなら…と、護衛の面目を立ててやることにする。絶対安全な空間でなら、文句はないだろう？　という意味だ。

「行きつけがある」

そういって、小田桐を伴った史世が足を向けたのは、以前は黒龍会の中枢に座していた男が、堅気になったあと開いた珈琲《コーヒー》専門店。店のオーナーの目に小田桐がどう映るのか、それが知れれば、護衛も、そこから報告を受ける人間も、納得するだろうと思ったのだ。

カラランッとドアベルの音が響いて、その向こうから、「いらっしゃいませ」の声。

店内に満ちるコーヒーのアロマが、客にホッと息をつかせる。狭いながらも落ち着いた雰囲気の店内には、数人の客の姿があった。

「これはこれは、お久しぶりです」

カウンターの向こうから、おだやかな笑みで出迎えてくれる大柄なマスターが、実は元極道だなんて、言われなければ誰も気づかないだろう。

「こんにちは」

「そちらははじめてのお客さまですね」

カウンターのなかほどに腰を下ろすと、小田桐を見たマスターがニコリと笑みを寄こす。細められた眼差しの奥には、今でも衰えない観察眼があるのだが、それに気づけるのは限られたごく一部の人間だけだ。

「素敵《すてき》なお店ですね」

店内に首を巡らせつつ返す小田桐は、自分に向けられる視線の意味などまったく気づいていない様子で、まるで子どものように興味津々といった反応を見せる。史世が何もオーダーしないのを見て、

「たのまないの？」と訊いた。

「なんでもいいよ。僕の奢りだから。えっと、メニューは……」

ほとんど常連客でなりたっている店に、メニューは表示されていない。必要と思われるときだけ、

マスターが小さなものを奥から出してくるのだ。

「好みがあれば言うといい。それに合わせてブレンドしてくれる」

何も言わずとも、史世がカウンター席に座っただけで、すでにマスターはコーヒーを淹《い》れる準備をはじめている。ガラスケースに飾られた手づくりのケーキも皿に盛られて、あとはコーヒーが落ちるのを待つばかりだ。

客の好みやイメージに合わせて、豆を選んだりブレンドしてくれたりするのだと説明すると、小田桐は、「すごいな」と感心しきり。

「深炒《ふかい》りで酸味の少ないの、なんてアバウトな感じでもいいですか？」

「かしこまりました」

マスターは「かまいませんよ」と鷹揚《おうよう》に頷く。

ほどなくして、ふたりの前に出されたカップには、それぞれ違うブレンドのコーヒーが注がれていた。

「お口に合うといいのですが」

小田桐のためにブレンドされた豆は、史世も味わったことのないもののはず。

その史世の前には、一緒にサービスされたケーキと合うブレンドのコーヒーが出されている。ちなみに今日のケーキは黒胡麻シフォンと豆乳チーズケーキだ。強面《こわもて》のマスターが手ずから焼くケーキは、この店のもうひとつのウリでもある。

「甘いもの好きなの？」

カップを手にとりつつ尋ねる小田桐だったが、史世の応えを待つより早く、感嘆の声を上げた。

「美味い！」

店内に響く声に、カウンター席の一番奥で静かにモバイル端末を操作していた、常連の女性客が小さく噴き出す。史世も口許に笑みを刻んで、大きくカットしたシフォンケーキを口に運んだ。

「美味しいよ、マスター」

「ありがとうございます」

周囲の反応など目に入らないらしい小田桐は、ひとしりきコーヒーに感激したあとで、あっという間にシフォンケーキの消えた史世の前の皿に気づいて目を丸める。それから、豆乳チーズケーキの残りを口に運ぶ整った横顔をうかがって、「美味しそうに食べるね」と微笑んだ。

人見知りをしない、くったくのなさ。たぶんきっと、医者として数知れない修羅場を体験しているのだろうに、この明るさはなんだろう。それとも、こういう人間でなければ、紛争地帯や貧困の極致にある国で、けっして充分とはいえない医療設備のなか、命の危険に曝されながらも医療に従事しようなどとは考えないのだろうか。

「仕事の話、聞かせてよ」

コーヒーカップを取り上げながら、ここへ誘った目的を口にすれば、「話っていってもなぁ」と小田桐は思案のそぶりを見せる。

「危険な場所で医療活動してるんだろう？」

「まあね。武装した軍人だかテロリストだかわからない人間が普通に闊歩《かっぽ》してる場所だよ」

サラリと返される言葉に含まれる非日常。だがそれは、平和な日本に育った者の感覚であって、その国の人々にとってはそれが日常なのだ。

「ああ、そうだ。――これを見てもらうのがいいかな」

そう言って、小田桐がバッグから取り出したのは、紙焼きされた写真の束だった。すべてがデジタル化された現在では珍しい。カラーもあればモノクロもある。同じ風景でも、カラーで撮影されたものとモノクロとでは全然雰囲気が違って見えるから不思議だ。

「写真？　あんたが撮ったのか？」

写されているのは、小田桐が赴任していた国の現実と思《おぼ》しき光景だった。包帯を巻いた痩《や》せぎすな子どもや、銃器を抱えた兵隊、民家の向こうに映る大型の兵器は果たしてどういった使われ方をするものなのか。地雷なのかミサイルなのか、地面に大きく開いた穴も見える。そして、とても病院とは思えない場所で、治療にあたる外国人医療スタッフたちの姿も……。

「仕事の合間にね、現地の様子を記録してるんだよ」

ジャーナリストの目ではなく、現場に立つ医者の目で、現地の状況を記録して、少しでも多くの人々に現実を知ってもらって、寄付を募るのだという。

「そのための写真展をやらないかって話があってね。僕の写真だけじゃないんだけど、世界中に散ってる医療スタッフのなかにはこうして記録をとってるやつも多いみたいで、そういうのを集めて開こうって話が持ち上がっているんだよ」

今回は、そのための一時帰国でもあったのだと言う。それでしばらく日本にいることになったわけだが、大学時代の恩師がどこからか噂《うわさ》を聞きつけたらしく、早々に特別講義の話がきたのだ、と現在に至る経緯を説明する。

史世が興味深く写真に見入るのを見て、小田桐は嬉《うれ》しそうに言葉を継いだ。

誰もが目をそむけたがっている、自分の生活とは無関係だと思いたがっている、世界のどこかで起きている現実に、目を向けてもらえるのが嬉しくてならないという様子で。

「羽振りがいいのはたいてい武器商人なんだ。輸出入の規制なんてあってなきがごとしで、世界各国の武器の見本市みたいだよ。年端もいかない子どもがあたりまえにライフルを抱えてる。あってはならないことのはずなのにね」

小田桐の声に興奮した様子はない。淡々と恐ろしい現実を語る。

「武器を買うお金があるのなら、ワクチン一本買ってくれた方がどれほど助かるかしれないのに」

そこらじゅうに武器が転がっていても、医療施設はない現実。宗教や民族や、さまざまな問題がかかわっているとはいえ、価値観の違いと割り切るには、厳しすぎる問題だ。

「こんな写真、持ち出して平気なのか？」

「ジャーナリストだっていっぱい向こうに行ってるんだから平気だよ。それにこれは、民間人が写したスナップ写真にすぎないし」

でも、つらい現実ばかりじゃないんだよ、と小田桐が選んで差し出すのは、子どもたちが無邪気に笑っている姿を写した写真だった。これがあるから、厳しい場所での医療活動を、信念をもって行えるのだと、楽しそうに語る。

「似合わないな」

今は都会的なスタイリッシュさを見せる――口を開かなければと注釈がつくが――容貌の小田桐が、そんな危険な場所で医療活動を行っているなんて。

「そうかな？　僕は好きで行ってるんだけどね。たしかに、家族にも友だちにも変人扱いされてるかな」

最初は僻地《へきち》医療がやりたかったんだよ、と言う。だが縁あって国境なき医師団に参加することになって、まさしく自分が求めていたのはこれだと感じてしまったのだと話す小田桐の目は澄んでいて、修羅場を見ながらも、社会の裏や闇の存在を知らないまま生きていける人間もいるのだと、史世は感じた。

「医学部、この春はずいぶんと顔ぶれが変わってるんだな」

「そうみたいだね。僕のほかにも何人か入ったらしいよ。まぁ、僕は非常勤だし、短期の約束だけど……新見くんから聞いてるの？」

「ああ、この前、山内とかって研究員と一緒にいたっけな」

そう言うと、「ああ、あの彼ね」と反応を見せる。

「いや、あいさつするくらいだけどね。なんか、摑みどころのないやつだなぁって思って」

その発言を聞いて、史世は「ふうん？」と眼差しを細めた。

「なーんか医者っぽくないよね、彼。ずっと研究室勤務で臨床経験はないらしいから、そんなものかもしれないけど」

「知ってるのか？」

現場で直接患者と向き合う臨床医と、大学の研修室勤務の医師では、医学部で同じことを学んだのだとしても、目指すものも価値観もまったく違う。だが多くの大学病院の場合、臨床の現場を知らない学者肌の医師が出世して、その結果、医療のありかたは現場で奮闘する医師たちの意思とは違う方向へ行ってしまいがちなのだ。

小田桐が国境なき医師団に参加した理由も、そのあたりにあるのかもしれない。

——医師らしくない、か……。

完全にお花畑思考なのかと思いきや、存外と鋭い部分もある。もちろん当人は感じるままを口にしているだけのことで、無自覚だろうが。

愉快な想いで小田桐を観察していたら、見つめ返す視線に気づく。臆せず相手の目をまっすぐに見つめることのできる、数少ない人間。その事実に、カウンターの向こうでコーヒーカップを拭《ふ》くマスターも、気づいた様子だった。

「なんだ？」

長い睫毛を瞬けば、視線の先でかち合う秀麗な眼差しが細められる。

「んー？　こうして近くで見ると、やっぱり男の子だなぁって思ってね」

カウンターの向こうでマスターがゆるりと目を瞠った。もちろん声には出さないし、それ以上のリアクションもないけれど、さすがに驚きもするだろう、過去にさかのぼっても、史世にこんなことを言った怖いもの知らずな人間はいない。

「女の子たちが放っておかないでしょ？」

「さぁね。そういう自分こそ、講義室は女生徒で埋め尽くされてるんじゃないのか」

自分こそ、医学部の女子学生たちに騒がれていそうな容貌をしているくせに。とはいえ、平然と紛争地帯へ赴くような男など、たいていの女性が願い下げだろうが。

「ほかの国から来てるスタッフと活動することが多いからかなぁ……女性陣もパワフルでさ、片手で弾《はじ》き飛ばされそうな勢いなんだ」

身体のつくりが華奢《きゃしゃ》な日本人に比べたら、欧米人は大柄だ。華奢な日本人男性よりも外国人女性のほうが、よほどパワフルかもしれない。

日本ですごす時間より海外にいる時間のほうが長くなって、感覚がずれてきたかな…と、小田桐は首を傾げて見せる。

「その骨格の違いを、見取れなかったわけだな、医者のくせに」

史世が投げた意地悪い指摘に対して、「言わないでほしいな」と苦笑するかと思いきや、小田桐は思わぬ方向から言葉を返してきた。

「だって、君が綺麗すぎるから」

「……」

さすがの史世も、大きな猫目を見開いて絶句。

唖然とさせられるとはまさしく。

思わず噴き出してしまう。

「なに？　笑われるようなこと言ったっけ？」

事実しか言ってないよねぇ？　と、首を傾げる小田桐は、冗談を言っている様子ではない。いったいどういう育ち方をしたら、この歳までこれほど純粋培養のままでいられるのだろうか。海外暮らしが長いのが、もしかしたらよかったのかもしれない。

「史世くん？」

クスクスと肩を揺らしつづける史世の顔を覗き込んで、「何がそんなにおかしいの？」と真顔で尋ねてくる。史世は、その問いに返すのではなく、さらに別の指摘を投げた。

「俺の名前、知ってるんだ？」

新見が口にしたのはなかったことにして、教えてないよな？　と問いつめれば、小田桐は「あ……」と視線を揺らす。

「俺のこと、あれこれ訊きまわってたって？」

史世の評判を耳にするまでは、見た目だけで興味をそそられるのだろう、新入生のなかにも何者なのかと先輩たちに訊きまわる輩《やから》がいるらしく、護衛の面々が目を光らせていた。もちろんいずれも史世の素性など知るよしもない一般人だ。そうしたなかに小田桐も含まれていたらしい。

「……君のボディガードはそんなことまで調べるのかい？」

自分の前に立ちはだかった屈強な男を思い出したのか、小田桐は長嘆を零して「ガードがかたいなぁ」と微苦笑する。史世はひょいっと肩を竦めて、言葉を返した。

「口煩い保護者がやるんだよ」

それは、いつもの愚痴の一環でしかないもので、カウンターの向こうでふたりのやりとりに耳を傾けるマスターにしてみれば、惚気《のろけ》のうちだと聞き流す程度のものでしかなかった。

だが、ここでも小田桐は予想外の反応を見せてくれた。

「保護者？　子煩悩な親御さんなんだね」

へぇ…と、感心しきりに頷く。愛息子《まなむすこ》にボディガードをつけるくらいだから、口煩くしてもおかしくはないと思ったらしい。史世の言葉を、字面のままに受けとったのだ。

とうとう我慢の限界がきたらしい、ついに噴き出したのはマスターで、史世はというと驚くのも呆れるのも通り越して、「そうみたいだな」と適当に返す。

「……？　マスター？」

寡黙な雰囲気のマスターが目尻《めじり》に涙まで浮かべて、屈強な肩を揺らして腹を抱えるのを見れば、さすがの小田桐も何か間違ったらしいと気づいた様子。でも、何が違うのかわからないまま、史世とマスターの顔を交互にうかがう。

「史世くん？」

ヘンな医者だと、史世は胸中で呟く。

でも、自分の知らない世界を知っている、自分には見えないものを見ることができる、興味深い人物でもある。

「史世でいいよ、小田桐さん」

口角を上げてかたちのいい唇に笑みを刻む。大きな猫目に小田桐を映して言えば、こちらをじっとうかがう端整な面が、ニッコリと嬉しそうに破顔した。

ＣＬＯＳＥ時間になって、ふたりは店を出る。史世ひとりなら居座っていてもいいのだが、今日は特別だ。

交差点近くまで来て、小田桐は明るく問いかけてきた。

「また誘っていいかな？」

それに対して史世は、一拍置いて「どうかな」と返す。小田桐の瞳が、戸惑いがちに瞬いた。

「やめておいたほうがいいと思うけど」

「え？」

そこへ、青信号をまっすぐに直進してくる車のエンジン音。小田桐の呟きは、その音にかき消されてしまう。

タイミングを計ったように、路肩に滑り込んでくるシルバーメタリックのボディ。

その助手席のドアがまるで映画のワンシーンのように内側から開けられて、史世はスルリと身を滑り込ませた。

「じゃあな。ごちそうさま」

ドアを閉める直前、呆然と立ち尽くす小田桐にひらりと手を振る。

それが、小田桐の鼓膜に届くか届かないか、車はわずかな余韻すら残さず再び走り出して、バックミラーに映る小田桐の姿は、あっという間に見えなくなった。

「ずいぶんと気に入ったようだな、あの医者」

すべて報告を受けている貴彬が、ステアリングを握りながら、チラリとバックミラーに視線をやって言う。何に興味を惹かれたんだ？　と訊かれて、史世は全然別の言葉を返した。

「危険はないだろう？」

調べはついているのだろう？　と言うと、「おまえの直感のほうが正しそうだがな」と苦い笑みで返される。

「何がおまえの琴線に触れたんだ？」

しつこく訊くので、

「ん～？　ちょっとね」

意地悪く返せば、男の口許に刻まれる笑み。それが、それ以上は追及できない男のやせ我慢だと理解して、史世は口許をゆるめる。

「頭の構造が不思議だっただけだ」

お花畑思考とハードな経験値がイコールで結ばれない。不思議な、それまで目にしたことのないものと出会えば、誰だって興味を惹かれる。

「……おまえの褒め言葉は、本当に難解だな」

大仰すぎるようにも聞こえるため息をついて、貴彬はやれやれと肩を竦める。

信号で停車したタイミングで伸びてくる腕に甘んじて身を任せつつ、史世は「エスニックが食べたい」と今晩のリクエストを口づけにのせた。


走り去る車のテールライトを呆然と見つめるしかない小田桐の背後、街を行き交う人の波に紛れてその様子をうかがう人影。

たしかにそこにあるにもかかわらず、誰の目にもとまらぬ気配。

それは、特殊な訓練を受けた人間にだけまとえる類《たぐい》のものだ。

ため息ひとつついて歩み去る小田桐の背を、交差点でタクシーに乗り込むまで見つめる。だがそれ以上、追うことはない。

「接触なし、か」

空《くう》に散って消える呟きを残した長身の影は、現われたとき同様、あっという間に街の風景に溶け込んで消えた。

史世がいたらなら、その気配に気づけたかもしれない。

だが小田桐に、それは無理な相談だった。


那珂川の屋敷の内庭では、風情ある薄墨桜につづいて、遅咲きの八重桜が綻びはじめている。まだ咲きはじめではあるが、急な冷え込みでもない限り、近いうちに皆で宴会ができそうだ。晃陽の依頼もあって、最近になって帯刀の日常に、開花状況のチェックが加わった。

舎弟たちの福利厚生にまで完璧に配慮する組織の参謀は、史世を迎えに行った貴彬が無事にマンシヨンに帰りついた連絡を受けて、ひとり屋敷に足を向けた。本陣の隅から隅にまで目を光らせるのもまた、彼の仕事だからだ。

とくにこの冬、完璧なセキュリティの布かれているはずのこの屋敷から、保護していた男と子どもひとりが抜け出す事件があって以来、より警備は厳重になり、それをチェックする負担も増えた。だが、今現在取り組んでいる人材育成と新たなセキュリティシステムの構築が整えば、それもすぐに解消されることだろう。

屋敷内をひとまわりして、奥座敷の一角にある執務室に足を向けた帯刀は、ふいの気配に驚いて足を止めた。音もたてず帯刀に近づくことを成し遂げた小さなそれは、足元にある。

「みゃあう！」

視線を落とせば、目に映る真っ白な塊。ちょこんとお座りをしている。小さな頭の中心では、くるりと丸い碧眼《へきがん》が、歓喜の光を宿して帯刀を見上げていた。

「……おまえか」

「みゃあ！」

母猫のほうはよく知らないが、賢い茶々丸《ちゃちゃまる》の仔だけあって、この猫も人間の言葉を理解しているようだ。帯刀の呟きに応じるように愛らしく鳴く。長い尾を揺らして、帯刀の足に額を擦《こす》りつけて甘えはじめた。

首に鈴をつけるべきだな…と、その様子を無言のままに見下ろしていたら、奥から複数の足音。

「あ、兄貴っ」

帯刀に気づいた数人は、その場でサッと片膝をついた。

だが、帯刀の足元にじゃれつく白猫に気づいて、あわわ…と青くなる。

「おいっ、チビ！　兄貴のスーツ毛がつくじゃねぇかっ」

「シロ、こっちこい！　な！」

実にさまざまな名前が舎弟たちの口から飛び出して、帯刀は眉間を押さえ、ひとつ長嘆を零す。舎弟たちの肩がビクリと震えた。

「まだ名前をつけていなかったのですか？」

屋敷づめの皆で考えて名前をつけて、皆で飼うように言っておいたはずだと確認すれば、舎弟たちは恐縮しつつも顔を見合わせる。

「いや……兄貴がおつけにならないことには……」

帯刀以外目に入らない様子の仔猫を見て、舎弟たちはモゴモゴと言葉を濁す。

「おまえたちで好きにつけるようにと言ったはずだ」

「へ、へい……ですが……」

そうは言われても、なぁ？　と互いに互いの意思を確認して、それから舎弟たちはそろって帯刀を見上げた。

「チビ介は兄貴を主と見定めてやがるんで」

どうでもいいことに限って、ハッキリと意見を述べるものだ。普段は何があろうとも絶対服従の舎弟たちだというのに。

「好きにしなさい」

問答の必要性は感じない。諦めて、踵《きびす》を返す。

背後でホッと安堵の息をつく複数の気配と、とととっとあとをついてくる小さな気配。それを振り返ることなく、当初の目的どおり執務室に辿りついて、足元を確認もせず襖を閉める。傍仕《そばづか》えの者にコーヒーの用意を頼み、デスクの上のパソコンをONにした。

南蛮文化の香り漂うつくりの和室には、畳の上にラグが布かれ、金細工の施されたデスクと椅子、カウチチェアとローテーブルとが置かれている。南蛮かぶれの大名屋敷の一室のような印象もあるが、調度品のひとつひとつが洗練されているがゆえに派手派手《はではで》しさはない。

届けられたコーヒーは、帯刀の意向を訊いてローテーブルに置かれる。パソコンはそのままに、書類を手にデスクから移動して、古伊万里のカップに注がれた馥郁《ふくいく》たる香りを愉しむ。

夜遅い時間だが、カフェインを気にする習慣は、帯刀にはない。カフェインの影響があろうがなかろうが、そもそも眠りは浅いのだ。

帯刀に深い眠りをもたらしてくれるものは、この世にひとつしかない。だがそれとも、久しくご無《ぶ》沙汰《さた》だ。

パソコンに届けられた報告書と、そして手のなかの書類。

史世と曄の通う大学に、この春から新たに赴任した、研究員と非常勤講師に関するものだ。片方は、少し前に届いていて、貴彬には報告を上げなかった。もう片方は、新たに調べさせたものだ。

小田桐という医者に、不審な点はない。

問題があるとすれば、史世と接触をして、こともあろうに史世のほうが興味を持ったことくらいか。

心中穏やかでいられない人間がひとりばかり出ているが、大勢に影響はないから帯刀もフォローはしない。

だがもうひとりは……。

——何を調べている？

その行動を、史世に近づいていると見るべきか、それとも……。

かならず何かあるはずだ。でなければ、あの男があんな場所にいる意味がない。

——『おまえさんは、犬も飼うのか』

以前、友好関係にある幸心会《こうしんかい》の会長、徳永《とくなが》を訪ねたときに、言われた言葉が蘇《よみがえ》る。

そう、犬だ。その鋭い嗅覚《きゅうかく》が何かを嗅《か》ぎつけなければ、その場にあるはずのない存在だ。

「この医者の周囲をもう少し洗わせるか……」

その指示を、私情に走ったものではないと、言いきることが果たしてできるのか。

——『野良に見えても、犬には主がいるものだ』

そんなことは、言われなくてもわかっている。

だが、冷めた目で世のなかを見据える冷然たる美貌の主にも、わからないことのひとつやふたつはどうしたってあるのだ。

考えごとに耽《ふけ》っていたら、そのわからないことのうちのひとつが、いつの間にか足元にいた。

「みう」

部屋の襖はきっちりと閉めたはずなのに、いったいどこから入り込んだのか。成猫ならともかく、仔猫の爪《つめ》では、襖は開かないだろうに。

聡明《そうめい》な面立ちの白猫は、掌にのるサイズだったころに比べればずいぶんと大きくなったものの、それでもまだ小さな軀で、カウチチェアを懸命によじ登る。そして、足を組む帯刀の膝に辿りついた。

「私《わたし》はまだ仕事がある。皆のところで遊んでいなさい」

そっと押しのけようとしても聞かない。帯刀の膝に登って、その場で丸くなってしまう。じゃれつくわけではないから、仕事の邪魔にはならないが、しかし……。

「……」

その小さな頭を撫でることもできず、帯刀はじっと視線を落とす。やがて諦め、書類に視線を戻した。

じんわりと、伝わる生き物の熱。

膝の上の小さな白い塊が、たしかに生きている証《あかし》。

温かいと、たしかに感じるのに、温かさの意味を、理解できない。帯刀は、そんな自分を知っている。だからこの仔は、いまだに名無しのままだ。

可哀想《かわいそう》な仔猫。

なぜ間違ってしまったのか。

「憐《あわ》れだな」

主を間違えた小さな生き物も、その温かさの意味を理解できない人間も。

パソコンをデスクに置きっぱなしにしたことを後悔した。膝に仔猫がいては動けない。

ローテーブルに書類を放り出して、帯刀はひとつ深い息を吐く。カウチチェアに背を沈ませて、白い指で乱れ落ちてきたひと房の前髪を払う。

困惑げな視線の先、仔猫は白い腹を上下させて、気持ちよさそうに眠っていた。


胸の上で、浅い眠りの淵《ふち》にあった痩身が身じろぐ。

「ん……」

サラリと揺れる赤毛と、その向こうでゆるりと瞬く長い睫毛、そしてゆっくりと開かれる白い瞼。

現れた猫目はとろりと潤んで、数時間前の行為の余韻をうかがわせる。

乱れた髪を梳いてやると、居心地のいい場所を探すように、小さな頭が蠢いて、ややして吐息がひとつ。

「寝ないのか？」

掠れた声が胸元からかかって、貴彬は髪を撫でる手を止めた。

大きな猫目が、再び貴彬を映す。そこには、今さっき見た潤みはなく、かわりに心の奥まで見透かすような強い光があった。

「いや……」

「長侶社長、見つからないのか？」

長い付き合いになる人の安否を案じているのだろう？　と、言外に気遣われているのだと察した。史世はわかりやすい言葉を言わないが、そのかわりに貴彬が抱え込みがちな言葉を吐露する機会を与えてくれる。

「八方手を尽くしているんだがな。足取りが摑めん」

忽然と、まるで神隠しにでもあったかのように、姿を消してしまった。現代社会では、人ひとりの失踪はさして珍しいことではないとはいえ、目撃情報すら出てこないのはやはりおかしい。

「プロの仕業ってことか？」

鋭い指摘になんと返したものか、言葉を探すわずかな隙が、詳細を語らずとも史世にすべてを教えてしまう。

ナガトモ工業の取り引き先に不穏な様子があることについて、そもそも語る気はないが、状況が芳しくないことは隠しようがない。史世は、貴彬の表情や声音や言葉の端々から、隠したいものも感じ取ってしまう。

「まだこんな時間だ。寝よう」

サイドボードの時計を指して、小作りな頭を胸元に引き戻しつつ言えば、その手を払うようにむくりと起こされる上体。白い肌に散る無数の朱印が美しい。

「眠れないんなら、朝まで付き合ってやるよ」

胸の上にしなだれかかって、上から挑むように見据える。煌めく猫目には、獲物を見つけた狩る者の高揚が浮かぶ。それを眩《まぶ》しく見上げて、貴彬は白い頬に手を添えた。その体温にすり寄るように、長い睫毛がふるりと揺れる。

ねっとりと触れる白い太腿の筋肉の張りが心地好く、瘦身を受けとめる男の官能を煽る。

魅惑的な誘いの言葉のはずなのに、猛獣の檻《おり》に飛び込むような気持ちになるのはなぜだろう。だがそんな己の心情すらも愉快で、貴彬は口許に笑みを浮かべつつ、細い身体のラインを辿るように掌を這《は》わせた。

しなやかな背のラインを辿って双丘に辿りつく。狭間を探れば、先の行為で敏感になったままの場所が戦慄き、触れる肌が熱を帯びる。

満足げな笑みを刻む薔薇色の唇を啄《ついば》んで、暑い吐息を誘いだす。

長い夜も、甘い酩酊《めいてい》を誘う麻薬のような存在に溺《おぼ》れているうちにすぎるだろう。夜が明ければ、闇に隠されていたものも、陽の光があきらかにしてくれるはずだ。

「ん……ぁ、あ……っ」

肌に触れる空気の密度が増して、歓喜の震えが伝わる。甘い声は鼓膜に心地好く、脳髄を痺れさせてくれる。

細い腰を割って身を進めれば、戦慄く肢体、振り乱れる赤茶の髪。肌に食い込む爪が刻む傷痕《きずあと》から、甘い鉄錆臭が上がる。

白い喉に食らいついて、捧《ささ》げられた肉体の甘さを味わう。

快楽の声を誘いだして、いっそう深い場所を喰《く》らう。

甘さの奥に感じる痺れは、腕のなかの存在が、毒を孕《はら》む証拠だ。それを味わえるのも、その毒性に耐えられるのも、自分だけだと貴彬は自負している。

愛しむだけではすまされない存在とのまぐわりは、身を削る行為にほかならない。

けれどその奥に、甘露をたたえた泉がある。

「あぁ……っ！」

腰の上でくねる痩身。

あえかに情欲を甘受して、薄桃色に染まる肌。

振り乱れる赤茶の髪の向こうから注がれる挑むような眼差しも、今はなりを潜めている。ただただ甘く潤んで男を癒《いや》すのみだ。

「史世……」

呼びかけに返すように瞬く長い睫毛。

唇に触れる悩ましい吐息。

「愛している」なんて、陳腐な言葉を言いたくなる。それに返されるのは、かぷりと唇に噛みつくキス。

喉の奥で低い笑いが転がって、それから、しっとりと汗に濡れた肌が重なる。

熱い身体をその腕に受けとめて、貴彬はゆっくりと瞼を落とした。

4

懲りないやつだな、という微笑ましい呆れは史世《あやせ》の印象だったが、傍らで怒りに肩を震わせる曄《あきら》にとっては、それどころではなかった。

「俺は男だよっ！」

史世と一緒にいる曄を見て、「彼女？」などと豪胆な勘違いをやらかした小田桐《おだぎり》は、毛を逆立てる曄の大きな目を覗き込んで、驚嘆に目を丸める。

「……日本も変わったたなぁ……」

そういう問題ではないだろうと、突っ込みたくなる感想をしみじみと呟いて、史世のみならず怒り心頭の曄さえ脱力させてくれた小田桐は、美少女と見紛う草食系男子があたりまえにはびこる、今現在の日本の芸能界の状況を知らないようだ。——もちろん史世も曄もそういう意味では一般人なわけだが。

「なに？　この人」

曄が胡乱な眼差しを向ける。史世は肩を竦めて端的に説明した。

「医学部の非常勤講師」

「講師⁉」

こんなすっとぼけてて、講師が務まるのかと、その大きな目は訴えている。

「国境なき医師団に所属してるんだとさ。これでも腕はいいみたいだぞ」

「へぇ……」

貴彬《たかあき》から仕入れた情報も交えてフォローすれば、ますます疑わしい目で小田桐を見て、曄は濃く長い睫毛を瞬かせた。風が起きそうなその仕種に、小田桐は「大きな目だね」と、またも懲りないことを言う。

「……誰かを思い出すよね」

曄の呟きに対して、

「すぐ身近にいるやつだろ？」

太陽の匂いがする人間など、自分たちの置かれた境遇を考えれば、限られている。

「ああ……」

そうか…と納得した曄は、「晃陽《あさひ》さん呼んじゃおうっと」と、携帯電話を取り出した。

曄の反応を受けて、史世は小田桐に言葉を返す。

「テラスのある店か公園だったらつきあってもいいぜ」

そもそもは、次の予定まで時間があるのならお茶でもしないかと、小田桐に呼びとめられたのが話の起点だ。

史世の返答を受けて、それならと小田桐はチェーン展開しているコーヒーショップに誘う。路面店ならたいてい、店の外にもテーブルが置かれているからだ。

史世のためのエスプレッソマキアート、曄にはハニーエスプレッソ、数種類のマフィンとドーナツが山盛りになっているのは、史世が甘い物好きと知ったためだろう。自分にはブラックコーヒーをオーダーして、小田桐は四つある椅子のひとつに腰を下ろした。

「カフェモカは？」

ひとつあまるけど？　と言われて、

「もう来る」

時計を確認して、史世が返す。曄が、もうひとつ空いた席に置いてくれるように言った。

史世の言葉どおり、携帯電話で店の場所を確認しながら角を曲がってきた人物は、すぐに史世たちに気づいて駆け寄ってきた。

「お待たせ！」

元気な声の主はもちろん晁陽だ。犬のようにリードを引かれて、一緒に駆けてきた茶々丸《ちゃちゃまる》がぴょんっと椅子に飛び乗る。

「……猫？」

小田桐の口から、たぶんそうくるだろうなと思ったまんまの反応が零れて、曄はもちろん、史世も口許に微笑を浮かべた。嘘だろ…と目を丸くする、唖然とした顔がおかしくてしょうがない。

「え？　なに？」

「ふみゃ？」

ひとりと一匹は、いつもどおり平和な顔だ。

「うわ〜、おっきいな〜」

こいこい、と茶々丸を膝に呼び寄せて抱き上げた小田桐は、「はじめまして」とまずは茶々丸にあいさつをした。

「こんにちは！　俺、晁陽、そいつは茶々丸っていいます」

カフェモカのカップの置かれた席に腰を下ろした晁陽が元気に自己紹介をする。茶々丸にじゃれつかれてご機嫌な小田桐のかわりに、史世が茶化した紹介をした。

「うちの医学部の非常勤講師で小田桐さん。俺と曄を初対面で女と間違えたツワモノだ」

「……え!?　マジ!?」

カフェモカのカップに口をつけようとしていた晁陽は、危うく噴き出しかけてカップから口を離す。

「うわ〜、チャレンジャーだな〜」

晁陽にそう言われるのも微妙だが、小田桐は晁陽の置かれた立ち位置を知らないわけだから気にする様子もない。「こんにちは」「こちらこそはじめまして」と笑みで返してくる。

「重いなぁ、何キロあるんだい？」

「十一キロ」

小田桐の素朴な疑問に史世がサラリと返せば、即座に挟まれる訂正。

「一〇．四キロ！　もう一〇〇グラム減ったんだからな！」

どう考えても誤差の範囲なのだが、晁陽にとっては譲れない誤差だ。だが、史世も曄も話半分にしか聞かない。

「茶々も！　なんか言ってやれよ！　こんなに毎日がんばってるのにさ！」

「ふみゃあ？」

小田桐に撫でてもらって心地好さの極致にある茶々丸は、目を細めてゴロゴロと喉を鳴らすのみ。飼い主の主張など素知らぬ顔で、実に適当な相槌《あいづち》を返す。

「……全然聞いてないだろっ」

猫相手に対等にやり合う晁陽の反応を耳に心地好く聞きながら、史世と曄はマフィンとドーナツを頬張る。その向かいで晁陽と小田桐が微笑ましい会話を繰り広げはじめた。

「すごく人懐っこい子なんだね」

「これでも一応、人は見分けてるんで、誰にでもってわけじゃないんですけど……小田桐さんのことは気に入ったみたいです」

「それは光栄だな。——賢いんだな、茶々丸は」

「みゃう」

どうやら気が合ったらしい。やっぱりね…という顔で、曄が史世に目配せする。史世はチョコチャンクスコーンを割りながら軽く肩を竦めることでそれに返した。

「小田桐さん、お医者さんなんですよね？」

「うん」

「こいつ、なんで痩せないんだと思います？」

「うーん……」

普通ここは、自分は獣医じゃなくて人間の医者だと、冷静に返すべき場面のはずなのに。小田桐は晁陽に付き合って、「なんでだろうね」と首を傾げる。

「可愛いし、このままじゃダメなの？」

「それは〜……」

晁陽はチラリと史世を見て、その目が細められるのに気づいて背筋を正す。

だがくだらない会話は、幸いなことにこれ以上つづくことはなかった。小田桐の携帯電話が着信を知らせて鳴りはじめたからだ。

ディスプレイに公衆電話と表示されているのを見て怪訝《けげん》そうな顔をした小田桐だったが、応じてすぐに眉間に刻んだ皺を消した。

「もしもし？　――ああ、時間まだよかったろ？　――え？　――そうか……ああ、わかったよ。まだしばらく日本にいるし、そうだな……また連絡くれよ。じゃあ」

ずいぶんと早口で応じた小田桐は、通話の切れた携帯電話を見つめて首を傾げる。

「何かあったんですか？」

様子を訝った曄が尋ねた。

「いや、待ち合わせの相手なんだけど、急用が入ったとかで……のんびり屋なやつなのに、すっごい慌ててどうしたんだか」

茶々丸の腹肉を揉みながら返す小田桐は、怪訝そうな顔をするものの、それ以上案じる様子はない。

一方、史世の目には、ディスプレイに表示された「公衆電話」の文字がひっかかった。急いでいるのならなおのこと、いまどき携帯電話からかけてきそうなものだが……。

「国境なき医師団の関係者か？」

「ああ、ほら例の写真展の企画を進めてるやつで。つい先日帰国したばかりなんだよ」

紛争地帯での医療活動の現場を写した写真展のことだ。

電話を寄こしたスタッフは、小田桐と一緒に働いていた時期もあったのだが、そのあとほかの国や地域にも足を運んでいたのだという。

「見てほしい写真があるって言ってたんだけどなぁ。集まった写真も全部は展示できないからね。選ぶ作業が結構大変みたいで」

「公衆電話と表示されてたな」

「ああ……海外対応のを持ってたはずなんだけど……電池切れでもしてたんじゃないかな。——どうしたの？」

何が気にかかるのかと問われて、史世は「いや……」と首を横に振る。その傍らで曄が、手にしていたカップをテーブルに置いた。濃い睫毛に彩られた大きな瞳が、何かを探るように史世の横顔を映す。

「史世？」

茶々丸で遊ぶ晁陽と小田桐が盛り上がる一方で、史世は椅子に背をあずけて足を組み、腕組みをして、周囲の気配を探る。

「……思いすごしならいいんだがな」

その呟きを受けて、曄が大きな瞳を眇めた。

春先の日暮れは急激に気温を下げはじめる。傾く陽射しに目を細めて、史世は己のアンテナと思考回路が、めまぐるしく動きはじめるのを感じていた。


不愉快極まりない気持ちで所轄署のエントランスを出た天瀬《あませ》は、通りに出たところで見慣れた車が路肩に停められているのを見つけて、ため息をつきつつ助手席側に歩み寄る。内側からドアが開けられて、車内の人物を確認もせず身を滑り込ませた。

「疲れた顔だな」

「あたりまえだ。――無能な警察めっ」

溜《た》めに溜めた鬱憤《うっぷん》を吐き出せば、ゆっくりと車を発車させながら、角鹿《つぬが》――いや、九頭見《くずみ》が苦く笑った。

「長侶《ながとも》社長の足取りが摑めんうえに、うちになすりつけたかった罪状も上げられんでは、面目《めんもく》丸つぶれだろうからな」

警察も焦っているんだろう、と宥められても、天瀬の眉間の皺が消えるわけではなかった。

「そのまえに、残された家族の気持ちを考えろっ」

天瀬は、警察と家族の間に入って、あれこれ調整に動いているのだ。だというのに警察は、残された家族を気遣うでもなく、天瀬に対して忌々しい目を向けるだけ。「お気を落とさずに」くらい言えないものかとぶちまけたくもなる。

「だが、状況は少しずつあきらかになってる」

「例の会社の帳簿、調べがついたのか?」

ナガトモ工業の取り引き先の件だ。帯刀が、外為法違反ではないかとアタリをつけた一件。

長侶社長は、何かの拍子にその秘密を知ってしまったと考えられる、という調査結果は、黒龍会中枢に座する者たちには、すでに情報がまわっている。

「背後に政治家の影あり、だそうだ」

「――ったく、金のことしか考えてないのか、日本の政治家はっ」

政治家がのうのうと法を犯し、犯罪から生まれた金を吸い上げ、一般市民の生活を脅かしているなんて。

「金策に長《た》けたやつが出世して国政の中心にいるというだけのことだ」

皆が皆、そんな政治家ばかりじゃない、と言われて、そんなことはわかっていると天瀬は吐き捨てる。

「そいつの尻尾《しっぽ》を摑まない限りは、長侶社長が無事に見つかったところでなんの解決にもならない」

苦い声で言葉を継げば、傍らからより苦い声が言葉を返してきた。

「尻尾を摑めても、巣穴から引きずり出せるかはわからん」

そう言う九頭見の横顔には、濃い影。苦い過去を抱える男ゆえの、重い言葉だ。事件に巻き込まれたらしいとわかってきた今、九頭見にとって、長侶社長失踪の一件は他人事ではない。

「警察内部は？」

表に出てこない内情のリークはあったのかと、総長のもとにもたらされるらしい情報を確認する。

「本庁のほうが密《ひそ》かに動いているようだな」

九頭見は「進展はないようだが」と付け足した。

「所轄がカリカリするわけか」

ウンザリと呟いて、シートに背を沈める。

車内に満ちる重い空気。ステアリングを握る男が、まっすぐフロントガラスに顔を向けながら「少し、いいか」と訊いた。説明の言葉などなくとも、天瀬には九頭見の言いたいことが理解できる。

「……ああ」

短く返せば、左に曲がるはずの交差点を、右折する。やがて現れるのは、遠い記憶のなかに頻繁に出没する風景だ。

天瀬に確認をとって九頭見が向かったのは、古びたアパートの一室だった。学生時代、九頭見が弟と一緒に暮らしていた部屋だ。九頭見が行方知れずになってからも、天瀬が家賃を払いつづけて、ずっと当時のまま保存していた部屋。今は九頭見……いや、角鹿がその役目を負っている。

ここには、ふたりが抱えた過去が凝縮されている。

理不尽に家族を奪われた九頭見の無念と、忽然と消えた親友を探しつづけた天瀬の強い想いとが、渦巻いて息苦しくなるほど。

「征人《まさと》の無念を晴らすと、俺は約束した」

だが、それはまだ実現していない。

事故死した九頭見の弟夫婦。新妻のお腹には、新しい命も宿っていたのに。両親を亡くし、兄弟で身を寄せ合って生きてきた九頭見に、新たな家族ができるはずだった。その幸せは、ある日突然奪われて、その理由すらいまだに明確にされていない事実。

いや、事実は見えているのだ。それを白日の下に曝すきっかけとなり得るネタもある。だが、タイミングが合わない。強大な敵の足を掬うには、タイミングをはからなければ、たいしたダメージも与えられないまま、あっという間に人々の記憶から消えてしまう程度の犯罪にしかならない。

九頭見が記憶喪失となった原因の事故も、故意に起こされたものであることがわかっている。だからこそ、九頭見は記憶が戻ったいまでも角鹿を名乗り、表向き別の人間として生きているのだ。

「焦りは禁物だ」

天瀬には、きつく握られた九頭見の拳を、少しゆるめてやることしかできない。だがそれは、天瀬にしかできないことでもある。

部屋に設《しつら》えた簡易な仏壇の前、佇《たたず》むだけの九頭見にかわって、天瀬は弟夫婦の遺影に線香を供え、手を合わせる。その肩に、後ろから腕がまわされた。

「礼誓《ゆきちか》……」

耳朶《じだ》をくすぐる声。身体の力を抜けば、体重がのせられて、背中から畳に転がった。視界をおおう影に、天瀬は腕を伸ばす。

「勇人《はやと》……」

こいよ、と誘う。慰めを欲する男の身体を受けとめて、天瀬は深い息をついた。

眼鏡を奪われる。

すぐ間近に、愛しい男の揺れる瞳がある。

九頭見がこんな表情を見せるのは自分に対してだけだと思えば、溜飲《りゅういん》も下がる。だから、この身体

が欲しいのなら、いくらでも貪ればいい。

「征人に――」

天瀬が九頭見弟の名を口にすれば、襟元を暴きはじめていた男が視線を上げる。

「――知ってもらうんだ」

九頭見は手をとめて、天瀬の瞳の奥を見た。言葉の意味を問う瞳に、天瀬は笑みを向ける。

「俺たちがどんなに強く繋がっているかを」

見てもらうんだ…と、男の首を引き寄せる。九頭見は、「そういう趣味があったのか？」と茶化して笑った。その頰を軽くはたいて、それから黒髪に指を滑らせる。

同じものを見て歩む人生。だがそれに、満足できない。先に見える到達点を踏むまでは、角鹿は九頭見に戻れない。

腕のなかの男を、陽の下で堂々と九頭見と呼べる日まで、天瀬の――ふたりの闘いはつづくのだ。


カフェでお茶をした数日後のことだった。

曄が先に帰ったあと、学内のカフェでコーヒーを片手にテキストを開いていた史世に声をかけてきたのは新見だった。

「葬式？」

「ああ。なんでも、知り合いが事故で急に、って話だったぞ」

小田桐が慶弔休暇をとっているというのだ。そもそも非常勤で特別講義を任されているだけだから、毎日大学に来ているわけではないのだが、たまたま講義が予定されている日に当たってしまって、講義を楽しみにしていた学生たちはがっかりしているのだという。

史世の脳裏を過るのは、先日小田桐宛にかかってきた、公衆電話からの着信の件だった。

「……国境なき医師団のスタッフか？」

「ああ。――なんで？」

新見は、アイスカフェアメリカーノのストローを咥《くわ》えながら、なぜそう思ったのか？　と史世の反応をうかがう。それには返さず、史世は確認をとった。

「事故死と言ったな？」

「酔っ払って、駅のホームから落ちたってさ」

「駅のホーム？」

少し前に、似たような事件を聞いた覚えがある。駅のホームからの転落事故死。

だがあのときは、薬物中毒とされていた。所轄署の刑事が押収薬物を横領した挙句、自分で使っていたと表向きは発表されたが、事実は違っていた。検察官時代の天瀬と、かかわりのある若い刑事だった。

――……っ！

視線を感じた。

顔を上げることなく店内を確認すれば、コーヒーのカップを手に例の山内という研究員がこちらに歩いてくる。新見を見つけたらしい。

だが、史世が感じたのは、こんなわかりやすい視線ではなかった。

護衛の面々の気配に動きはない。小田桐同様、山内の素性も帯刀の手によって調べ尽くされて、問題なしと伝達されているのだろう。

帯刀のやることにぬかりなどあろうはずもない。だが、どうしても気にかかる。

「やあ、今日も美人と一緒なんだね」

ニコニコと、話しかけてくる。若干猫背の、重心のぶれた不安定な歩き方。学者肌の典型のような風貌には、特別目をとめるようなものはない。――そう。あまりにも紋切型《ステレオタイプ》だ。

「あなたは葬儀に参列されなかったんですか？」

史世の唐突な言葉に、テーブル脇に立った山内はきょとんとした表情。それから「ああ、小田桐先生のことですか？」と、白衣のポケットに片手を突っ込んだまま、コーヒーをひと口。

「いや、私は無関係なので」

「そうなんですか。小田桐さんと同じ時期にいらっしゃったから、あなたも国境なき医師団の関係なのかと思ってました」

新見から教授の紹介らしいと先に聞いていながら、あえて言う。山内は特別奇妙な顔をすることもなく、「私は別口ですよ」と微笑んだ。

「事故だったんですってねぇ。お気の毒です」

それじゃあお先に、と踵を返す。ゆったりとした歩みで、余所見《よそみ》しながら歩く姦《かしま》しい女子学生にぶつかりつつ、店を出て行く。ガラスの向こう、校舎に消えるまでその背を追いかけても、重心のぶれた猫背な歩き方はかわらない。

「このまえから、なんかひっかかってるみたいだな」

史世の視線を追っていた新見が、「ふぅん」と呟く。問うでもない、それは確認の言葉だ。

「巻き込むつもりはない。気にするな」

首を突っ込むなと牽制すれば、新見は「言われなくても」と肩を竦める。

「もちろん傍観させてもらうさ」

コーヒーを飲み干し、時計を確認して、腰を上げる。

「まぁ、無茶《むちゃ》はすんなよ」

軽い声音で言って、ひらひらと手を振って新見はカフェを出て行く。食えない悪友の持つ独特の距離感は、史世に期待も不安も植えつけない。常にニュートラルだ。だからこそ、長く付き合いをつづけていられる。

——事故死、か……。

たまたまいろんなことが重なっただけとも考えられるし、実際問題、その可能性のほうが高い。だが史世のアンテナは、それに納得していない。杞憂《きゆう》ならいいが、その杞憂を払うためには、まずは情報を得なければ。

「さて、どこからつつくかな」

正面突破を試みるか、それとも抜け道を行くか。正面突破が一番簡単なのはわかりきっているが、のちのち面倒だ。

「抜け道が妥当か」

呟いて、自分も広げていた荷物をまとめ、腰を上げる。

抜け道にも何種類かあるが、どうせバイトに行くついでなのだから、老獪な狸《たぬき》から聞きだすのが一番確実だ。

長侶社長夫人が倒れたと聞いて病院に様子を見に行った帰り、帯刀は交差点で立ち竦む。

夫人は軽い貧血と過労で、今夜一晩様子を見たら帰宅していいと言われている。護衛をつけてきたから、問題はないだろう。

だから、帯刀の足を竦ませるものなど、存在しないはずなのに、一瞬背を突き抜けた悪寒。

背後を振り返らず、交差点を渡りきって、人ごみを抜ける。

しばらく歩いて、それに気づく。

スーツのポケットに、カサリと渇いた音。

手に触れたそれは、小さな紙切れ。

『気をつけろ』

以前に見たのとは、違う筆跡。だがわかる。同じ人物が書いたものであると。

自分はこれを期待していたのではないかと、ふいに気づいた。でなければ、車を降りて、わざわざ街中を歩いたりしない。護衛をつけろという貴彬の希望もあって、短い距離であっても最近は車を使うことが多くなっていた。

——東條《とうじょう》……。

今は別の名をまとう男。

だが、自分に接触してきたということは、もはやその名は捨てたのか。

完璧な素性をつくって現れ、忽然と消える。その手腕は、組織以上の大きな力のもとで、男が活動しているからにほかならない。

敵か味方か。

暴こうとしているのか、隠蔽しようとしているのか、それとも傍観者なのか。

目的がわからないがゆえに、判断がつかない。

携帯電話が鳴る。

ディスプレイに表示されるのは、見慣れたナンバーと名前だった。斥候《せっこう》に放った部下のものだ。

『例の国境なき医師団スタッフの事故死ですが、不審な点がいくつか見られます』

思ったとおりの報告だった。

目的が史世でも小田桐でもないとすれば、その周辺以外に考えられないだろう。でなければ、あのタイミングであの場所に、東條が出没する必要性がない。

「ひきつづき調査を。報告を上げなさい」

『小田桐という医師はいかがなさいますか？』

「目を離すな」

『はっ』

短いやりとりで、通話は切れる。

この一部始終を、男はどこからか見ているのか。それともとうに姿を消したのか。帯刀にすら探りきれない気配は、誰に追えるものでもないだろう。

雑踏の喧騒は、かわらず鼓膜に届く。

その向こうを探っても、何も聞こえない。感じ取れない。

ひとつ瞬きをして、帯刀はその場で踵を返す。

ひとつひとつはバラバラだった事案が、新たな事件を受けてひとつのラインに繋がった。本来、組織の範疇を逸脱した大掛かりな犯罪だ。

長侶社長さえ無事に戻れば、それ以外は無視してもよかったものを…と、胸中で毒づく。帯刀にとって重要なのは、貴彬と組織の安寧であって、社会平和ではないのだ。

しばらくのち。

帯刀の携帯電話に、事態の急展開を告げる緊急連絡が入る。

迎えに呼び寄せた車の後部シートでミニノートパソコンを開いた帯刀は、見慣れないファイルの存在に気づいて目を眇めた。

5

葬式から帰ると、家のポストに郵便物が届いていた。

何気なくそれを手に取った小田桐《おだぎり》は、ゆるりと目を見開く。裏に差出人の名前はなかったが、宛名《あてな》は手書きで、特徴的な癖の強い字には見覚えがあった。まさしく数時間前に、永遠の別れのあいさつをしてきた相手から届いたものだった。

「これ……」

厚みのある封筒。

サイズといい、この重みといい、なかみの察しはつく。

話があると言われて約束をして、その約束は慌ただしい連絡でキャンセルになって、その次に届いたのが訃報《ふほう》だった。

「事故に遭う前に出したのか？　けどなんで郵便なんて……」

海外赴任していたときならわかるが、互いに日本国内にいたのに。会う約束をしていたのに。

「事務局に届けるか」

故人の持ちものなら遺族に届けたほうがいいが、この中身は国境なき医師団にとって必要なものと思われる。

葬儀に参列できなかったスタッフにも、様子を報告したい。想い出話もしたい。

喪服を脱ぎ、時計を確認して、小田桐は家を出る。

その一部始終をうかがう視線にも、周囲を取り囲みつつある気配にも、気づける小田桐ではない。


神崎《かんざき》は外出したまま戻らない予定だと聞かされて、肩透かしを食った気持ちで書類を読み込んでいた史世《あやせ》だったが、天瀬《あませ》について外出することになった。

デスクで書類に埋もれ、法廷に立っているだけが弁護士の仕事ではない。刑事さながらに、足で稼がなくてはならない仕事だ。

書類から読み取れることは限られている。目で見て判断を下さなければ、警察や検察に、いつどこで足を掬われるかしれない。とくに天瀬は、一見クールそうに見えてその実熱いタイプだから、ひとつひとつの案件に対して熱心だ。

「長侶《ながとも》社長、まだ見つからないんですか？」

用件を終えて地下鉄の駅まで歩く途中。学生の多い街は活気にあふれている。

「そうみたいだね。――ったく、何をトロトロしてるんだか」

天瀬の苦言の向く先は、貴彬《たかあき》や組織全体に対してではない。ピンポイントだ。彼の不平不満は余さず角鹿《つぬが》が受けとめることになる。

だがそれも、互いが納得ずくなら、周囲があれこれ言うことでもない。当然史世もいつものことと聞き流すだけだ。

「護衛を強化するって言ってたけど、そんな暇があったら捜索に人手を割けばいいんだ」

そう思わないかい？　と史世に問う。自分には感じ取れない護衛たちの気配を、史世は感じ取っているのだろう？　と訊いているのだ。

史世はクスリと笑みを零して、繊細な容貌に似合わぬ発言を繰り返す弁護士の横顔をうかがう。眼鏡の奥の聡明な瞳には、いまだ不服気な色。何かと思えば思いがけない愚痴が零れる。

「――ったく、仔猫相手に本気で妬くぐらい暇なくせに」

天瀬が引き取った、茶々丸《ちゃちゃまる》の仔猫のことだ。帯刀《たてわき》にあずけた真っ白な仔猫と双子のように良く似た白猫を引き取った天瀬は、角鹿が嫌がるのもかまわず、自分のベッドで寝かせているのだと来るときにも話していた。

実家の父――早乙女《さおとめ》組長のために仔猫を引き取っていった暐《あきら》は、実家と氷見のもとと、以前とはすごす時間の長さが逆転しているというし、縁の下に住みつく母猫の様子も気にかける浅見《あさみ》はというと、これまたやはり剣持《けんもち》などほったらかしで猫にかまいきりだという。

どこもかしこも癒しを欲しているということか。唯一クールに接しているのは、史世によって半ば強引に仔猫を押しつけられた九条《くじょう》だが、それも半分はポーズだ。パートナーの祠室《しむろ》のほうがより仔猫に甘くて、それが気に入らないのもあるのだろう。

史世の口許の笑みに気づいて、「どうかした？」と眼鏡の奥の瞳を瞬く。そんな天瀬に「なにも」と返せば、「ひと休みして帰ろうか」と提案される。

「この近くに評判のいいオーガニックカフェがあったはずなんだ。ケーキも美味しいって話だよ」

みんなにお土産も買って帰ろうか、と楽しげに言う。

だが史世は、その言葉に返そうと開きかけた口を引き結び、その場に足を止めた。

——……？　なんだ？

「史世くん？　どうし——」

スッと口許に人差し指を立てれば、天瀬は表情を険しくして口を噤《つぐ》む。史世に身を寄せて、潜めた声で「何？」と訊いた。

音もなく現れた護衛の面々が、ふたりを囲む。

気が乱れている。空気が逸《はや》っている。

剣呑な気配が走る。

だが、まだ距離がある。

「嘉威《かい》、天瀬さんを頼む」

「いえ、自分は——、史世さん⁉」

制止の言葉も聞かず、荷物を天瀬に投げ渡すようにして地面を蹴った史世は、気配を追って大通りから外れた路地を駆け抜ける。

剣呑な気配は、自分たちに迫るものではない。史世の頭にあったのは、学生の多いこの街に、国境なき医師団の事務局が置かれている事実。

小田桐と交流のあったスタッフの事故死がたんなる事故ではないとしたら？　見すごせるものではない。

信号が青から赤に切り替わる寸前に、通りを横断する。天瀬を部下に任せてあとを追ってきていた嘉威は信号に足止めされた。

人ごみを掻きわけた先に見たのは、覚えのある長身。いったん家に戻ったあとなのだろう、喪服ではなく、大学で見るときとも違う、ノータイにジャケット姿だが、間違いない。

駆けてきた史世に気づいた小田桐は、驚いた顔をして足を止める。

「史世くん⁉」

偶然だね、どうしたの？　と呑気な笑みを見せる。だがこのときには、とうに囲まれたあとだった。

路地の端と端に停められる、ウインドウにスモークの貼られた黒塗りの車。退路を断ち、人目を避けるためだ。

その車から降り立った男たちは、あきらかにプロとわかる風貌だった。

ただのチンピラではない。日本において、ただの強盗目的で、陽のある時間に堂々と人を襲うチンピラなどさすがにいないだろうが、それでなくとも違いはハッキリと目に見える。訓練された連中だった。

「……え？　何？」

強面の黒服に囲まれて、小田桐は唖然とするばかり。それでもさすがに、医師として紛争地帯にも出向く根性の持ち主だけのことはある。逃げようとはしなかった。それどころか、史世をその背に庇《かば》おうとすらする。

「なんだ？　君たちは。――史世くん、さがって……」

その肩をトンッと背後に押して、史世は前に出た。

包囲が狭まる前に、突破しなければ。おめおめと捕まってやる気は端からないが、ちょっとした怪我であっても小田桐の医師生命を閉ざす危険性があると考えれば、極力危険は避けたい。

「史世くん!?　――っ!?」

どれほど訓練された人間であっても、いやだからこそ、実力差はちょっとした動きに現れる。史世は前へ前へと出がちなひとりを見つけて飛びかかった。

体格差を活かして懐に入り込み、渾身《こんしん》の一撃。その動きを見きれなかった男は、目を剝《む》き、低い呻きひとつを残して地面に頽《くずお》れる。

史世を侮っていた連中の間に、動揺と緊張感が広まる。

そう、暴漢は、史世が何者かわかっていない。ということはつまり、組織の関係ではない、ということ。小田桐を狙ったのは、まったく種類の違う何某《なにがし》かの力だ。

史世の細腕に大柄な暴漢が一撃で倒されたのを見て、小田桐は驚嘆に目を瞠る。

「……うそ、だろ？」

「さがってろっ」

怪我をしたくなければどいていろと怒鳴ると、小田桐は壁を背にしてじりじりと下がる。だが、全方位を囲まれているのだから、逃げおおせることはかなわなかった。

組織がらみなら、先々のことまで考えて手を引く場面も、この連中には関係ない。いつものやり方は通用しないということだ。

面倒な…と毒づいて、小田桐を囲む連中をまずは薙《な》ぎ払う。暴漢たちが揮《ふる》うのが軍隊式の体術であるのを見きって、史世は攻撃の手を変えた。腕力自慢の連中相手に真っ正面から対峙《たいじ》したところで、小兵の史世は吹き飛ばされるのがおちだ。

相当鍛えているのだろうから遠慮はいらないとばかりに、急所攻撃に出る。夜道で襲われた女性が使う手段のことではない。

人間の身体には、いかに筋肉の鎧《よろい》をまとおうとも、守りきれない急所が何カ所か存在する。骨格や内臓に直接ダメージを与える箇所だ。だが、身動きが取れなくなるだけで、死ぬことはない。技の使い手にそれだけの技量があればこそ、ではあるが。

「ぐわ……っ」

ひとりが口から泡を吹いて地面に倒れ込み、のたうつ。

「うがぁっ！」

もうひとりは、蹴りを食らった場所を抱えて、埃《ほこり》っぽい地面を転げまわる。

さらに、一番大柄のひとりが白目を剝いてノックアウトされるにいたって、一筋縄ではいかないと察したらしい、暴漢たちの動きが止まった。リーダー格のひとりが、部下たちを片手で制している。

小田桐は、拘束されかかったときに肩と腕を壁にぶつけたものの、無事だった。だが、驚嘆冷めやらぬ顔で、史世と囲む暴漢を見やるだけだ。

リーダー格の男が、胸元に手を入れる。

はたして現れたのは、黒光りする鋼の凶器。小田桐は「そんな、まさか……」と声にならない声で呟いて、さらに目を見開いた。

「ドクターの身柄を渡してもらおう」

小田桐を背後に庇う史世に告げられる要求。小田桐は、この期に及んでも自分が標的だと認識できていなかったようで「え？」と掠れた声で呟くのみ。

「目的はなんだ？」

何をどう訊いたところで答えはしないだろうが、カマをかける意味で問う。

「知る必要のないことだ」

トリガーにかけられた指に、軽く力を加えるパフォーマンス。史世にそれが通じるとわかっているのだ。

「この平和な日本で堂々と拳銃を持ち歩く。でも、警察じゃない。なぜと訊きたくもなるというものじゃないか?」

銃口を向けられていながら悠然と言葉を返す。一般人にはありえない史世の態度が、場慣れしているはずの暴漢たちを追い詰める。

「貴様、いったい……っ」

私語を口にすることなどありえないプロに、思わずそんな言葉を呟かせる。

体格や腕力でははかれない、真の力の存在を、男たちはようやく理解したようだ。史世個人に対してはもちろん、その背後に控える強大な力の存在をも感じ取っている。

後ろの数人の踵が、無意識にもジリ…ッと引いた。地面の砂が鳴る。

だが、睨み合いは長くはつづかなかった。

史世がソレに気づいたのと、路地を塞ぐ車両を飛び越えてきた嘉威が放った警戒の声とは、ほぼ同時。

「史世さん……!」

前後を塞ぐ黒塗りの車の、わずかに下ろされたスモークガラスの隙間から、こちらを狙う銃口。

それを視界の端に捉えると同時に、史世は身を翻す。逃げるためではない。呆然と立ち尽くすだけの小田桐を銃線上から外すためだ。

パスッ！　と、空気を切り裂く音がした。

一般的に消音器《サイレンサー》と呼ばれる減音器《サプレッサー》をつけていても、銃の発射音は消えない。その名のとおり、本来は減音する装置であって、消音はされないからだ。

目に見えるのだから、発射方向ははっきりとしている。だが至近距離であるがゆえに、回避は困難だ。どれほど動体視力の発達した人間であっても、弾丸は捉えられない。

「……っ！」

小田桐に体当たりする恰好で、壁際に逃れた。同時にビルの壁に設置されたメーターの類が弾け飛んで、火花が散る。

銃口はふたつ。

後ろか前か、どちらの銃口だったのかまで、確認はできなかった。

発射音と、低い呻きと、そして街の雑踏の向こうから響きはじめるサイレン。

史世と小田桐に向けられる銃口を警戒しつつも、暴漢たちと対峙する護衛の面々。徐々に大きくなるサイレンの音。

「くそっ」と毒づく声は、暴漢たちのなかから聞こえた。

忌々しげな舌打ちを残して、車に駆け込んでいく男たち。タイヤを鳴らして急発進する黒塗りの車両。

「ご無事ですか!?」

逃げ去った車両の確認など、おのおのの役目を果たしながら、駆け寄ってくる護衛の面々。だがその足は、途中でとまった。一同に走る緊張感。史世も、とうに気づいている。

「嘉威!? どこを撃たれた!?」

最後の一発。史世と小田桐に向かって放たれた銃弾の前に飛び出すことで、嘉威は護衛としての役目を果たしたのだ。その肩から胸が、真っ赤に染まっている。

「……擦り傷です」

こんな場面でも護衛たちは、慌てることなく車両の手配など、与えられた任務をこなしている。そんななかで、誰より一番激昂《げっこう》を見せたのは、ほかでもない小田桐だった。

「ばっかやろう! 何が擦り傷だ!」

自分のジャケットを脱いで、止血をはじめる。さすがの手際は、紛争地帯での医療行為で培った経験ゆえだろう。

「貫通している。たいした傷では——」

「黙ってろっ」

荒い呼吸下にも平気だと言う嘉威を、小田桐が一喝する。その間も手は止めない。その目は完全に医師のそれだ。

「史世くん、救急車を——」

「ダメだ。いけません、史世さん」

公的機関とかかわってはいけないと嘉威が制する。銃創で運ばれたりしたら、事件になってしまうからだ。小田桐は、いいかげんにしろ！　と眉を吊り上げた。

「何を言って――」

「わかってる」

「……っ!?　史世くん!?」

淡々と返す史世の反応に小田桐が驚くのも無理はない。だが、史世にも嘉威の言いたいことはわかっていた。

「こっちにはこっちの事情がある」

史世は、小田桐の主張を、冷たくも聞こえる声音で切り捨てた。

今警察に出張ってこられたら、組織に摘発の手を入れる理由に使われかねない。巻き込まれただけだと主張したところで、通るわけがないのだ。

「君たちは、自分が何を言ってるかわかっているのか!?」

どうせ警察が駆けつけてきているではないかと言う小田桐に、嘉威は「あれは偽物だ」と脂汗を滴らせながら返す。敵を散らすために自分の部下がやったことだ、と……。

「……君たちはいったい……」

それはいったいどういう意味なのかと、問いたい顔を向ける小田桐に、今は悠長に説明をしている暇はない。

「車をまわせ！」

史世の指示に、護衛が動く。

「くそっ、道具さえあれば……っ」

病院がダメなら自分が治療すればいい。けれど、医療器具がなければ何もできない。

小田桐がギリリッと奥歯を噛む。早く処置をしないと危険だと訴える小田桐を、史世は「大丈夫だ」と諫めた。

「指定病院に運ぶ」

「指定病院？」

小田桐に、その言葉の意味を理解することはできない。なおも問いたそうにするものの、口を開く前にそれは邪魔された。

「事務所へお送りしますから」と制止する護衛を振り払いつつ、駆けてくる靴音。

「史世くん！　……っ!?　撃たれたのか!?」

血濡れの嘉威に気づいた天瀬が、傍らに片膝をついて様子をうかがう。だが、周囲を警戒する護衛の動きの奇妙さに気づいて再び腰を上げた。

「何をしてるんですか？」

「上より、弾の回収と痕跡の抹消を指示されております」

問われた護衛のひとりは、嘉威の腕から滴った血の一滴まで痕跡を消し去ろうとしている仲間にチラリと視線をやって、淡々と返してくる。

帯刀の指示だろう。護衛たちは黙々と上からの命令に従って動く。それだけだ。

小田桐はまたも驚いた顔を上げる。だが天瀬は、ひとつ小さく頷くのみ。胸に金のヒマワリをつけた人間がその反応をするのを見て、小田桐の面に浮かぶ困惑はより濃さを増した。

「……そうですか。——わかりました」

面倒なことにならなければいいが、と天瀬は長嘆をひとつ。万が一のことがあれば、天瀬の出番となるだろう。だから確認は必要だ。天瀬は史世の顔をうかがって、史世が頷くのを見ると、それなら……と肩の力を抜いた。

携帯電話が着信を知らせて鳴る。

確認するまでもなく相手はわかっているから心おきなくスルーさせてもらう。

いっこうに繋がらない電話の向こうで、自ら動くことのかなわない男が焦れていようが、自分に擦り傷ひとつないことはとうに報告が上がっているのだろうからどうでもいい。

嘉威は、用意された車両まで、自分の足で歩いた。その肩を小田桐が支える。

車に乗り込むふたりを、史世はなおも周囲に警戒を払いながら見守る。

いつもとは、何もかもが違っている。

社会の裏には、さまざまな力が蠢いている。その事実を改めて認識させられている。そんな気がしてならない。

時間は少し遡《さかのぼ》る。

史世と天瀬が陽の傾きはじめた街を歩いていたころ、貴彬は次々と届けられる報告をひとつひとつ精査して、事件の概要を摑むに至っていた。

「問題はこの金がどこへ流れているか、だな」

長侶社長が巻き込まれた事件の全容は、決定的な証拠は欠くものの、ほぼ間違いないだろうと思えるところまで調査が進んでいる。あとは肝心の、長侶社長の安否だ。

社長室のドアがノックされて、いつもとは違う人物が姿を現す。帯刀にかわって一時的に場をあずかる高野《たかの》だ。知った顔のほうがいいだろうと思い、心労がたたって倒れたと連絡の入った長侶夫人のもとへ帯刀を向かわせたためだ。

「帯刀から連絡が入りまして、ご夫人は今夜一晩の入院で問題ないとのことです」

「そうか。大事がなくて何よりだ」

何があったかわからぬまま夫が失踪し、生死不明となれば、心労もたまるというものだ。早くなんとかしてやりたいところだが、状況は芳しくない。事件の全容が明らかになったとしても、長侶社長が無事に還《かえ》ってくる可能性は、今のところ限りなくゼロに近いのだ。

「病院のセキュリティに関しては、剣持が強化をはかっております。それから、例の会社周辺を九条と角鹿が探っておりますが、警戒がかなり厳しいようで……」

ナガトモ工業の取り引き先の、外為法違反を犯していると思しき会社のことだ。

「つまりは、組織だってやっている、ということだな」

厳重なセキュリティの施された本社ビルとコンピューターネットワークは、トップや一担当者の独走ではなく、会社全体で犯罪に関与していることを示すものといえるだろう。

「かなり大きな後ろ楯《だて》があるものと。でなければ、あの会社の規模では先行投資もかないません。そのぶん、ガードも堅いと言えますが」

「わかった。ひきつづき調査を——」

言葉を途中で切ったのは、デスクに置いた携帯電話が着信を知らせて鈍い振動音を立てはじめたからだ。

ディスプレイに着信相手の名前は表示されない。だが、番号には見覚えがある。長侶社長失踪の連絡を受けてすぐにも同じように連絡を寄こした、少々困った警察官僚殿だ。

『残念なお知らせです』

電話向こうの硬質な声の主は、名乗りもせずいきなり用件を切り出した。

いつもなら己の立場を考えるようにとまずは苦言を呈する貴彬だが、今日ばかりは眉間に深い皺を刻んでつづく言葉を待つ。

『長侶氏が遺体で発見されました。現在回収作業が行われています』

「……っ」

それは、たぶんそうなると、誰もが心の片隅で思ってはいたものの、それでもなんとか回避したいと願っていた、最悪の結末だった。

『現場を見た所轄からの報告では、強盗に遭ったのではないか、とのことですが、たぶんそれに見せかけたプロの仕業でしょう。――背後には気づいていらっしゃいますね？』

長侶社長が巻き込まれた事件の概要について、組織独自に情報を摑んでいるのだろう？　と確認をとってくる。

「キャリアのあなたが今、どの部署にいて、どんな事件を担当されているのか存じませんが、領空侵犯もほどほどになさったほうがいい。公安や監察に目をつけられたらアウトでしょう」

いいかげん、自分たちとかかわるのはやめたほうが身のためだと返す。情報はありがたいが、だからといって、慣れ合っていい相手ではない。向こうにとってはとくに、こうしてホットラインが繋がっている事実だけで、足を掬われる危険性がある。

『例の会社、外為法違反の捜査が進んでいますが、見えない力が邪魔している様子です。どこからのものかは、こちらでもまだ知りえません。何かご存じでは？』

貴彬の忠告を右から左に聞き流してくれた、警察機構のサラブレッドでありながらも問題児は、用件のみを舌にのせる。

「さあ？　どんな大きな力が社会の背後に蠢こうが、善良な一般市民に知りえるようなことではないでしょう」

胸中で呆れたため息をつきながらも、表面上はのうのうと返せば、耳元で零れるやわらかな笑み。

『だといいのですが』

それだけ言って、貴彬の返答に満足したのか、通話はかかってきたとき同様、一方的に切れた。

「藤城《ふじき》警視ですか？」

高野が、口許に微苦笑を浮かべて確認の言葉を紡ぐ。

「困ったお人だ」

「ですが、ぜひとも出世していただきたい方でもあります」

靴底をすり減らして駆けずりまわり、事件解決に奔走する現場の刑事がいる一方で、裏金づくりに熱心な官僚が多い腐った現実。藤城はそんな警察の現状を嘆いている。

だからこその無茶な行動だが、せっかくキャリアとして登用されているのだから、さっさと出世して内部から変えることを考えてもらいたいものだ。

「そうだな」と短く返して、それから短い黙禱《もくとう》を故人に捧げる。気持ちを整理し、切り替えて、ゆっくりと瞼を上げた。故人を悼むことは、あとからいくらでもできる。今は、弔《とむら》いのときだ。人の命を軽んじる悪を、白日のもとに曝さなければ、貴彬個人としても気がすまない。

「神崎弁護士に連絡を」

身元確認に呼ばれるだろう夫人に付き添ってもらうように指示を出し、幹部に招集をかける。情報を共有し、今後の対策を立てる必要がある。

「御意に」

高野が下がろうとしたときだった。

いまさっき切ったばかりの携帯電話が再び着信を知らせる。同時に高野の胸元からも、鈍い音が響きはじめた。

『私です。史世さんが襲われました』

声の主は帯刀だった。

「……なに？」

返したときには、脱いで椅子の背にかけあったジャケットに手を伸ばしていた。携帯電話を肩に挟み、ジャケットに袖《そで》を通しながら話をつづける。

「どういうことだ!?」

高野のもとにも、護衛班から同じ報告が入ったらしい。目配せで互いの耳に届く内容が同じものであることを確認する。

『史世さんはご無事ですが、嘉威が負傷しました。指定病院へ向かってください。私もすぐに追いつきます』

「怪我の具合は？」

警護対象者の楯となるのがボディガードの役目とはいえ、組織に身を寄せる者誰ひとりとして、傷ついていいなどと、貴彬は考えていない。たとえそれが、下部組織の末端に属する構成員だったとしても、だ。

『弾は貫通しているそうです』

意識の有無や生死について、帯刀は何も言わない。実際の状況だけを淡々と上げてくる。それが事態の深刻さを知らしめる。

「……わかった」

苦い声で返して、オフィスを出る。

貴彬が動けば、組織が動く。その動きは大きな波となって、外部に組織の状況を知らしめることとなる。

自分の動きは、すべて警察にマークされているはずだ。いかに姿を潜めようとも感じる、猟犬たちの息遣い。視界の利く範囲、路肩に停められた車のほとんどが、覆面パトカーだろう。見えない場所にはさらに、監視の目があるはずだ。

「追尾を散らしますか？」

「面倒だ。放っておけ」

高野に訊かれて、短く返す。

疚《やま》しいことなど何もない。好きにさせておけばいい。末端の刑事たちのなかには、無駄な仕事をさせられていると、ウンザリしている者も多いはずだ。

車の傍らに立って、周囲を見渡す。息を潜める猟犬たちの間から、ゴクリと唾《つば》を呑《の》み込む音が聞こえる錯覚。たとえ今、貴彬の眉間を狙う銃口があったとしても、トリガーを引くことはかなわないだろう。それこそが、組織を率いる貫目《かんめ》というものだ。

呼び出し音を鳴らすばかりでいっこうに通じない携帯電話を片手に車に乗り込む。携帯電話のヘッドセットを耳に、ステアリングは高野が握った。

「お出にならないので？」

史世は電話に応じないのかと、バックミラー越しに高野が微苦笑を寄こす。

「わかってて無視しているんだろうな。――ったく」

急いでくれと、シートに背を沈ませる。

今度ばかりはさすがに胃が痛い程度ではすまない。組織絡みの案件とは様子が違うのだ。斯界《しかい》のやりかたの通じない相手には、これまでとは違う対応を求められる。

それを見誤った結果、怪我人を出してしまった。史世が無事だったのは、運が良かったとしか言えない。

「不甲斐ないことだ」

流れる車窓に目をやって、苦く呟く。

背負うものが大きくなればなるほど、この身は小回りが利かなくなる。本当なら自分が、楯になってでも守ってやりたいものを。

6

指定病院の裏庭に乗りつけた車から、表のエントランスは通らず、専用のルートを使って院内に入る。普通の病院にはありえない設備を見せられたうえ、銃創と聞いても顔色ひとつ変えない院長や看護師の様子を目の当たりにして、小田桐《おだぎり》は驚きを隠せない様子だ。

「なんだ、この病院……」

いわゆる「その筋の病院」と呼ばれる、組織の指定病院。警察にとっては、フロント企業の病院版といったところか。通常病棟の裏に、限られた人間しか入れない特別な病棟を持つこの病院には、組織の重鎮も入院している。厳重なセキュリティが布かれ、今日のような緊急事態が起きれば、すぐに対応できる設備が整っているのだ。

「出血がひどいな。輸血パックの余裕は？　なければ人を集めてもらえ！」

ストレッチャーに乗せられて処置室に運ばれた嘉威《かい》の傷を見ながら、院長が看護師に指示を出す。組織に伝令を出せば、同じ血液型の人間をあっという間に集められるからだ。

そのまま閉じられようとしたドアを、小田桐が止めた。

「自分も！　立ち合わせてください」

院長に願い出る。多少面喰らった顔をした院長は、史世《あやせ》に視線を向けた。

「国境なき医師団に所属している腕っこきです。修羅場には慣れてる」

史世が頷くのを見て、そうでしたか、と応じる。

「史世さんがそうおっしゃるのでしたら。こちらこそ、お願いします」

看護師のひとりが、こちらへ…と小田桐を手術控室へと促す。

手術室のドアが閉められ、赤ランプが灯《とも》る。

待合室に足を向けようとした史世の耳に届く、廊下を駆ける靴音と、「走ってはいけませんよ！」と注意を促す看護師の声。

「史……！」

「史世……！」

曄《あきら》と茶々丸《ちゃちゃまる》を抱いた晁陽《あさひ》が、血相を変えて駆けてくる。看護師の忠言はまったく右から左に素通りのようだ。

「あ、史！　怪我……怪我はっ」

よほどパニクっているのか、怪我人と思い込んでいる相手に十一キロもある茶々丸を抱かせて、晁陽は史世の全身をくまなくチェックする。

いったい誰だ。こいつらに中途半端な情報を与えたのは…と、嘆息しつつ、「落ちつけ」とふたりを制した。

「俺はなんともない」

「だって、撃たれたって……」

「撃たれたのは嘉威だ」

手術室の赤ランプを示せば、両脇で息を呑んだ曄と晃陽が、次いでヘナヘナと廊下に崩れ落ちる。

「よ、よか…った……」

思わず呟いたあとで。「よくないよっ」とふたりそろって腰を上げた。

「嘉威さん、無事なの？」

「運ばれたときまでは、意識があった。だが、出血がひどい」

それを訊いて、曄も晃陽も血色を失くす。史世の腕のなかの茶々丸も、心配気に耳を折った。

「ふみゃあ」

その頭にキスをひとつ落としてやって、毛皮越しに伝わる温度にホッと息をつく。

「史世を庇ったの？」

曄が、声を潜めて問う。庇ったのなら、史世が気にしていると思ったのだろう。

「いや、俺じゃない」

狙われていたのは自分ではないと返せば、曄の滑らかな眉間に困惑の皺が刻まれた。

「まさか……小田桐さん？」

どうして？　と訝る。

曄も晃陽も、今回の一件がなぜ起きたのか、根本のところを知らないのだ。

「そのあたりを説明してくれそうなやつが、やっとお出ましだ」

廊下の向こうに視線を投げれば、大股に歩み寄ってくる長身。曄と晃陽についてきた護衛の面々が、サッと道を開けて腰を折る。

茶々丸を抱いた史世の前に立った貴彬《たかあき》は、芝居じみた仕種で深いため息をひとつ。それからさりげなく腰に腕を伸ばしてきた。

「無事なようだな」

「俺はな」

ご覧のとおり、擦り傷ひとつない、と肩を竦めて見せる。貴彬は、「軽く言ってくれる」と口許に苦い笑みを刻んだ。

「嘉威が負傷した」

「おまえの責任ではない。それがやつの仕事だ」

そう言いながらも、貴彬は誰よりも責任を感じている顔で、赤く灯るライトを見やる。

「で？　狙われた当の本人はどうした？」

「なかだ。目の前で撃たれたんだからな、放っておけなかったんだろう」

院長の執刀に立ち会っていると報告する。

「たしかに、これ以上ない適任だな」

銃器や爆薬で負傷した人々を数多く診てきているのだろうから、長年この世界とかかわりつづけている院長以上に経験は豊富だろう。

自分たちにできることはない。あとは医師の領分だ。

看護師にも促されて、一同は待合室に足を向ける。手術は予想したよりも、短い時間で終わった。


手術終了後、嘉威は個室に移された。この特別病棟に大部屋はない。すべての部屋が、集中治療室《ICU》レベルの機能を備えた個室のつくりだ。

「さすがの腕をお持ちだ。うちの病院にヘッドハンティングしたいくらいですよ」

手術着姿の院長が、借り物の白衣に袖を通しながら手術控室から出てきた小田桐に声をかける。

「とんでもない。院長のお邪魔をしてしまいました」

結局執刀を任された小田桐は、不躾なことをしてしまったと恐縮する。

「お疲れさん」

史世が労《ねぎら》いの言葉をかけると、小田桐は曄と晃陽の姿まであることに驚いた顔をして、大股に歩み寄ってくる。その背後から院長が、史世ではなく、傍らに立つ男におっとりと声をかけた。

「小田桐先生がいてくださったら、ここが野戦病院になっても大丈夫ですよ」

「それは心強い」

冗談に笑みで返して、貴彬は小田桐に視線を向ける。思わず、といった様子で歩み寄る足を止めた小田桐は、その涼やかな瞳を瞬いた。

その瞳に何が映るのか…と、史世が興味を惹かれていたら、さすがというかなんというか、小田桐は開口一番思わぬ言葉を口にする。

「晃陽くん？　病院に猫はまずいよ」

晃陽が茶々丸を抱いているのに気づいて、どうして誰も注意しないのか訝る顔で、マナーというものがあってね、と渋い顔で苦言を呈してくる。それに応《こた》えたのは、晃陽でも史世でもなく、ましてや院長でもなく、貴彬だった。

「結構ですよ。この病棟は、特別ですから」

たっぷりと含みを持たせて言う。その意図を、果たして小田桐がどこまで察せるものなのか。

「あなたは……」

眉根を寄せて、貴彬をうかがう。医師として、紛争地帯の極限状況をも間近に見てきた小田桐の目に、はじめて揺らぎが生じた。

「説明は小田桐先生からお聞きください。私はこれで」

院長が、貴彬に一礼を残して踵を返す。

「ありがとうございました」

その背に深々と腰を折った貴彬は、次いで小田桐にも、同様に最敬礼を向けた。

「部下を助けていただき、ありがとうございます」

「いえ、あの……」

傍らの史世と、ゆったりと上体を起こす貴彬とを交互に見やって、何をどこからどう尋ねていいものかと、思案顔を見せる。

その小田桐に、表向きの肩書の印刷された名刺を渡して、それだけ。貴彬はそれ以上を説明しようとはしない。わからなければそれでいいと思っているのだ。

「那珂川《なかがわ》……、彼はあなたの部下なのですか？　じゃあ、ボディガード派遣会社の？」

グループのトップとして、そうしたいくつかの組織のさらに上に座しているわけだが、小田桐の疑問は放置のまま、貴彬は口を開いた。

「史世からお聞きおよびかと思いますが、狙われたのはあなたです、小田桐先生。お心当たりは？」

「心当たりって……」

危険な土地に赴任していても、テロや紛争に巻き込まれる危険性はあっても、直接自分が狙われることは、金銭目的の誘拐は別にして、基本的にはないのだろう、小田桐はあきらかに動揺した様子で口を閉じる。それを再び開かせるために、史世は切り札を口にした。

「あんたの同僚、事故死じゃないぞ」

「史世」

止めようとする貴彬に、「そうなんだろ？」と、自分の予測は間違っていないはずだと確認をとる。大きな猫目の威嚇を受けて、貴彬はいろいろ諦めた顔で頷いた。

「……どういうことだい？」

小田桐はさらに目を見開いて、青い顔で問い返してくる。

「事故死に見せかけた殺しだ。俺たちが偶然居合わせなけりゃ、次にあんたがそうなってたってことだ」

やつらが狙っていたのは小田桐の命だけではない。だとしたら、一発で仕事は終わっている。だが暴漢は小田桐を囲んで、拉致しようとした。絶対に何かあるはずだ。

そこへ、あとからやってきた高野が、貴彬に何やら耳打ちする。嘉威の入院の手続きを済ませていた天瀬も一緒に戻ってきた。

「小田桐先生、ご自宅が荒らされたようです」

「え!?」

「お出かけになられた直後でしょう。強盗に見せかけていますが、何かを探した痕跡がみられると報告がきています」

どうしてそんな連絡が、警察ではなく貴彬の口からもたらされるのか。問いたいのに問えないでいる。その表情から、じわじわと小田桐のなかで、何かが変わりはじめているのがわかる。

「もしかして……」

しばしの思案ののち、何か閃いた顔の小田桐は、急に落ち着きを失くす。

「止血に使ったジャケット！　あの内ポケットに――」

処置室に駆け戻って、看護師と二、三、言葉を交わし、「それは捨てちゃってください」と言いながら、何かを手に戻ってくる。

嘉威の止血に使ったために、血濡れで捨てるよりなくなったジャケットの胸ポケットから小田桐が救済してきたのは、どこのお宅のポストでも、毎日何通かは入っているだろう、ＤＭと思しき封筒だった。

ＤＭのわりに分厚いが、パンフレットの類が折りたたんでおさめられているのだとすれば不思議はない厚み。だが奇妙なのは、宛名が手書きされていることだ。

「写真だろうと思ってて、まだ確認してないんですが……」

宛名の字は、故人のものだという。

だから不審に思って、事務局に届けに行こうとしていた途中で、襲われたのだ。

「ＤＭに偽装したのか？」

届く郵便物などにはすべてチェックが入っていただろう。それでも無事に小田桐の手元に渡ったのは不幸中の幸いだ。

「僕は、封筒を再利用しただけのことだと思っていました。現地では物が不足していますから、どんなものでも簡単に捨てたりはしません。我々には、そういう習慣が身についているんです」

故人がどちらのつもりだったのだとしても、ただ写真を届けようとしただけのことではないだろう。写されているのは、国境なき医師団の活動の現場風景だ。小田桐が以前、写真展をするのだと話していた、その内容にそぐう被写体ばかり。それ用の写真を送って寄こしたのだろうと小田桐が理解したのもわかる。

だが小田桐は、テーブルに広げた写真にザッと目を通して、怪訝そうに眉根を寄せた。

「見たことのない写真ばかりだ……、いや、これは……」

半分以上は、見たことのない写真だという。しかも、例の写真展に使うにしても、クオリティ的に厳しいだろうと思われるものばかりだ。

だが何枚か、小田桐も目にした写真——いや、光景が写されていた。

「この場所は知っています。……これも……この奥に病院があるんです」

小田桐が撮影したものではないが、同じ国に赴任していた別のスタッフが撮ったものと思われる。故人も小田桐と一緒に働いていたことがあるから、もしかしたら全部故人の撮影なのかもしれない。

「なるほど」

呟いたのは、貴彬だった。

史世も、貴彬が何を見て納得したのか、理解している。

そんなふたりを小田桐は怪訝な顔でうかがって、「何があるんですか？」と硬い声で訊いた。貴彬が取り上げたのは、一番わかりやすいと思われる一枚。

「外為法違反という言葉をご存じですね」

「……え？　ええ……」

それがいったい？　と問い返しかけて、小田桐は息を呑み、ゆるゆると目を見開く。開きかけた口を噤んで、それから、貴彬が取り上げた一枚を、食い入るように見つめた。

「輸出規制品が、兵器転用されているということですか？」

「たぶんコレだ」

写真に写るものをトントンと指先で示して、貴彬は説明をする。だが、言われなければ……いや、説明をされても、素人にはいったいどこに何がどう使われているのかなんてわからない。しかし、見る者が見ればわかる。

「知らずに撮影してしまったのでしょう。それを、どういうルートで伝わったのかはわからないが、不正輸出にかかわっている人間が知ってしまった」

告発しようとしたのを知られたのか、もしくは脅迫でもしようとしたのか。史世も貴彬も故人のひととなりを知らないから、判断はできない。

「そんなことのために……」

呆然と呟いて、小田桐は顔を上げる。

「そんなことのために……犯罪を隠蔽するために、あいつは殺されたって言うんですか⁉　自分も襲われて、嘉威さんが撃たれて――!?　ここは日本でしょう!?」

銃弾飛び交う紛争地帯ではないのに。安全な国のはずなのに。警察とは違う力が、剣呑な事態を処理しようとする。

「あなたはいったい何者ですか!?　史世くん、君はいったい……っ」

渡された名刺に記載された肩書が、貴彬の真の姿ではないと理解した小田桐は、自分は今、平和な日本に帰ってきているはずなのに…と片手で額を押さえる。

「光が射せば影ができる。裏のない社会なんて存在しない。この社会を平和だと思い込まされているから平和に見えている。それだけのことだ」

淡々と言う史世の顔も、今の小田桐の目には、出会ったときとは違って見えているに違いない。返す言葉を失った様子で、小田桐は写真を睨むように見つめて立ち尽くす。

そこへまた靴音。

側近の祠室《しむろ》を伴ってやってきた九条《くじょう》が、高野《たかの》にひと言断って進み出る。

「例の会社の件ですが――」

言いかけて、しかし小田桐にチラリを視線をやり、途中で言葉を切った。貴彬が「かまわん」と先を促せば、硬い声が厳しい現実を告げる。

「社長が自殺しました。さきほど現場に所轄の一課が入ったのを確認しました」

ナガトモ工業の取り引き先――外為法違反の舞台となっていた会社の社長が自宅で首を吊って自殺

をはかったというのだ。所轄署の捜査一課――つまり強行犯担当が出張ってきたのは、端から殺人と考えてのことではない。殺人なのか自殺なのかを正しく判断するためだ。

だが……。

「消されたな」

貴彬の呟きに、九条が頷く。史世は「監視をつけてなかったのか」と毒づいた。

「直前に家族以外との接触はなかった」

九条が報告を補足する。つまり、何者かの手によって殺害されたのではなく、そうせざるを得ない状況に追い込まれた可能性が高いというのだ。

「どういうことですか？」

小田桐が、自分が襲われたこととどう繋がるのかと説明を求める。貴彬は、発端となった長侶《ながとも》社長失踪事件から、かいつまんで説明した。

不正輸出を行っている会社があること。それを知った長侶社長がつい数時間前に遺体で発見されたこと、その不正輸出されたと思しき品が海外で兵器転用されて、国境なき医師団スタッフの目に触れてしまったこと。それだけならまだしも、証拠となる写真が日本国内に持ち込まれて、それを抹消するために人がひとり殺されたこと。そして今また、不正の舞台となっていた会社の社長が自殺に追い込まれて、事件がうやむやにされようとしている事実。

「どうしてそんなことが……」

警察でもないのに、調べがつくのか。拳銃で撃たれた事実を届けもせず、治療する医者がいて、平然と受けとめる面々がいて、まだ学生の史世がその中心にいる。

「なんなんですか!? あなたがたは……っ」

先の問いに対する答えをもらっていないと、小田桐は言葉を逆らせる。

「本当に知りたいのか？」

返したのは史世だった。

「……え？」

まさかそう返されるとは思いもよらなかったのだろう、小田桐は目を見開いて言葉を失う。そんな小田桐に助け舟を出したのは貴彬だった。

「遺体で発見された長侶社長とは古い付き合いだった。失踪したと家族から連絡を受けて探していたところ、犯罪の影がちらつきはじめた。それだけのことです」

失踪人を案じるのは、家族や警察ばかりではない。それは真理だが、小田桐にははぐらかされた印象しか残らないだろう言葉でもある。

「ご遺体の確認がとれたそうです」

長侶夫人に付き添っていた神崎《かんざき》から連絡を受けた天瀬《あませ》が、報告を上げる。

「そうか、残念だ。――もろもろの手配を頼む」

指示の向く先は九条だ。

「御意に」

側近を伴って踵を返す。統制のとれたやりとりは、小田桐の目には奇異に映るのだろう、眉を顰めるものの、言葉はない。

「先生には、安全が確保できるまで、こちらにいていただきます」

よろしいですね、と貴彬が確認ではなく決定事項を告げる。この病院には、組織傘下の警備保障会社が組んだ強固なセキュリティが布かれている。組織の息のかかったこの病院以上に、今のところ安全な場所はないだろう。

貴彬が部屋の用意をさせようとするのを制して、小田桐は「嘉威さんの病室はどちらですか？」と問う。

「今晩は自分が付き添います」

処置をした責任があると、医師としての顔で申し出た。

「付き添い人用のコネクティングルームがあります。そちらをお使いください」

高野が案内をしながら病院施設について説明を補足すれば、「ホテル並みの施設なんですね」と呆れの滲む長嘆を零す。

「その設備投資にかかった金額の一部でも寄付していただけたら、助かる命がどれほどあるか、おわかりですか？」

辛辣な言葉を残して、小田桐は病室へと消えた。

小田桐と入れかわりに病室を出てきたのは、それまで嘉威に付き添っていた浅見《あさみ》だった。席を譲った小田桐の様子を気にかけつつも、一同がほぼそろっているのを見て、表情をやわらげる。

浅見は最近になって、病院で雑用を引き受けているのだ。そこには、この病院で実父の最期を看取った経験が影響しているのだろうと思われる。

「みんな来てたの？」

茶々丸もいい子にしてるね、と声をかけながらも頭を撫でないのは、まだ仕事が残っているためだろう。

「まだ麻酔が醒《さ》めませんが、容体は落ち着いているようです。ドクターがついていてくださるのなら安心ですね」

そう言って微笑む姿は、少し前まで警察キャリアとして監察部署で辣腕を揮っていた前歴など想像がつかないおやかさだ。

「小田桐さん、大丈夫かな？」

晃陽が心配げに問う。自分自身、高野が極道者と知らずに出会った経緯があるから、同調するところがあるのだろう。

「ダメなときはしかたないよ」

わからない人にはわからないと、曄が辛辣にも聞こえる口調で言う。幼いころから侠道に生きる男たちを間近に見て育った曄は、史世とも晃陽とも違う視野を持っている。強く理解を求めようとはしない、そのスタンスは、世間などそんなものだとどこかで冷めている証拠なのかもしれない。

そこへ響く、硬質な靴音。

誰のものか、史世にはすぐにわかる。もちろん貴彬にも。

「天瀬先生はいらっしゃいますね。――角鹿は?」

珍しく貴彬と別行動をとっていた帯刀が、ミニノートパソコンを手に少し足早に歩み寄ってくる。

それでも、これまでにここで交わされていたやりとりや情報は、すべて帯刀の耳に入っている。帯刀自身は、自分がいなくても組織は動くというが、史世の目にそうは映らないのが実情だ。

角鹿の姿がないのを確認して、帯刀は携帯電話を取り出した。持ち場は別の人間に任せて、すぐに来るように命じる。それから、貴彬に向き直った。

「ご報告があります」

そう言って、ミニノートパソコンを開く。白い指がキーを操作して、新しいウィンドウが立ち上がる前に、角鹿が姿を現した。

「金の流れの全容が摑めました」

ディスプレイに表示されるのは、さまざまな数字とそれに絡む人間のデータ。情報と物と金の流れを示したベクトルの一端には、長侶社長の名もある。

そして、すべての根源を辿った先にある名に、驚愕《きょうがく》を露《あら》わにしたのは、呼び出された角鹿《つぬが》——いや、九頭見《くずみ》と、その隣に立つ天瀬だった。

「これ…は……」

切れ長の目が見開かれ、端整な唇が戦慄く。

「勇人《はやと》……」

九頭見のスーツの袖を摑んだ天瀬が、思わずといった様子で下の名を呼んだ。

九頭見は、身体の横で握った拳に、ぐっと力を込める。爪が刺さらんばかりのそれに気づいた天瀬が、そっとその手に自身の手を添えた。

一同を包む空気が重くなる。

それも当然だ。帯刀が得てきた情報は、以前に起きた事件とも繫がるもので、それは、金と権力のためなら人の命をなんとも思わない外道が、この国の政治の中枢にいる事実を知らしめるものにほかならないのだから。

「……この男のために、また人が死んだというのですか」

九頭見が震える声で吐きだした言葉は、苦悩と苦痛と、燃えるような憤りに満ちていた。

弟の事故死に隠された真実を、九頭見はずっと探っていた。真相にまで辿りついたのに、それを陽のもとに引きずり出せない、この国の法の甘さと現実の厳しさ。

九頭見の弟夫妻が事故死した山道からほど近い場所に、一件の宿がある。隠れ宿だ。名のある人物たちに、お忍びで使われることの多いその宿に、さる政治家が頻繁に出入りしている。九頭見の弟夫妻が事故死した夜も、その宿は使われていた。

そして今回、自殺した社長の直近数日間の足取りを追えば、その宿に辿りつくというのだ。そこで密会していた相手は、九頭見と天瀬が追い詰めるチャンスをうかがっていた人物と重なる。

「こんなことが、あっていいのですか……っ」

慟哭《どうこく》といえる魂の叫びだった。

「勇人……」

天瀬の手が、震える肩に添えられる。

以前、九頭見が刺し違えてでも弟の仇《かたき》を討とうとしたとき、法に訴えろと諭す天瀬を後押しするように帯刀がふたりに渡した情報は、九頭見弟夫妻の事故死を他殺に問えるようなものではなく、別件逮捕に持ち込んで、その上で疑惑を世に知らしめるための、あくまで土台といえるものだった。

だが今、小さなパソコンのディスプレイに表示されているのは、あきらかな金の流れと、そこから読み取れる犯罪。

そして、それにかかわったがために、すでに三人の人間が命を奪われている事実。

外為法違反に絡む犯罪と、金の流れと、そして殺人とを、結びつけるのは容易なことではない。黒幕といえる政治家を、すべての罪に問うのは難しいだろう。九頭見も天瀬も、そもそもは法律の専門家だ。わかっているからこそ、憤りも深い。わかっているからこそ、それでもあえて、法に任せようとしていた。

けれど、罪の上に罪を重ねる人間を、法に任せるだけで本当にいいのかと、刑法の在り方に疑問を投げかけたくもなるのも当然といえる。そんな現実ばかりが、そこかしこに転がっている。

「バカなことは考えないことです」

帯刀に制されて、九頭見はぐっと奥歯を噛む。この手で直接裁いてくれると、九頭見の内にふつふつと湧くどす黒い感情を、帯刀の玲瓏《れいろう》な声が諫めた。

「その手が血に染まったところで、何が解決するわけではない」

「……わかっています。ですが……っ」

肉親を奪われたのだ。早くに親を亡くした九頭見にとっては、たったひとりの家族だった弟を。身重の妻とともに。救助の手が早ければ、助かったかもしれなかったのに。

「今度こそは、本人を罪に問うことができる。秘書が勝手にやっただの、知らなかっただのでは済まされない内容だ」

パソコンのウインドウを閉じ、抜き取ったフラッシュメモリを、帯刀は九頭見ではなく天瀬に差し出す。

「あなたが正しいと思われる方法で使うことをお約束いただけるのでしたら、無条件でお渡ししましょう」

「帯刀さん……」

九頭見の暴走を許すなと、帯刀は言うのだ。その言葉の意味を正しく受けとって、天瀬はフラッシュメモリを受けとる。傍らの九頭見が、納得しかねる顔で帯刀を見やる。

その九頭見に、天瀬は切々と訴えるように言った。

「検事になろうと決めた日のことを思い出せ、勇人」

「礼誓……」

「この国も、人も、それほど愚かではないと俺は思ってる。救いはあるはずだ。だから——」

今度こそ、罪を罪とも思わぬ厚顔な犯罪者を法廷に送り込んでやろう。国政の中心から引きずり下ろして、その化けの皮を剝《は》いでやろう。

「それがかなわないときは、法がこんなひどい罪を許すというのなら、そのときこそ、俺も一緒に地獄に堕《お》ちてやる」

九頭見の手をとって、帯刀から受けとったフラッシュメモリを、その手に握らせる。上から自身の掌を重ねて、天瀬は眼鏡の奥の聡明な瞳に愛する男をまっすぐに映した。

恋人の強さにあてられて、九頭見は頷くよりなくなる。ひとりでは不可能なことも、ふたりなら可能と思えるのは、愛情だけではない強い絆《きずな》で、ふたりが繫がっているからだ。

「……わかった」

諦めの嘆息とともに、肩の力を抜く。そんな男の決断を褒めるように、天瀬は皆の目があるのもかまわず、その肩を抱き寄せた。

張りつめた空間で、ホッと安堵の息を零したのは壁際の晃陽と暐。

だが史世は、別のことが気になっていた。

長侶社長の足取りを追うのすら、あれほど手こずっていたはずなのに、なぜ急に真相が明らかになったのか。

「その情報、どこから仕入れた？」

どういう経緯で調べがついたのかと、帯刀に問う。

「あなたが知る必要のないことです」

いつもの口調でサラリと返されて、しかし史世は、いつもどおりに嚙みつくことができなかった。

帯刀の前に立って、その冷えた瞳を見上げる。

何をする気なのかと、ひやひやと見守る一同と、史世を制するでもなく静かに目を細める貴彬。その意味は、あとで問えばいい。

「……っ」

息を呑んだのは、見守る一同のほうだった。当事者たちは、冷静なものだ。

帯刀の胸倉を摑んだ史世が、その首に片腕をまわして引き寄せる。まるで口づけるかのように耳元に唇を寄せて、頰と頰がギリギリ触れない距離で、低い声で呟いた。

「……薬品の匂いがする」

かすかに、ほんのわずかに、いつもの帯刀とは違う匂いがする。

「ここは病院ですよ」

何を言いだしたのかと、クスリと笑みを零した帯刀は、当然でしょう？　と軽い声音で言って、首にまわされた史世の手を取った。

「痴話喧嘩に巻き込まないでください」

そんなことを言いながら、史世の痩身をそっと押しやる。一歩後ろに立つ貴彬の胸へと。その表情に、いつもと変わったところはない。だが、感じる、違和感。

史世の脳裏を過ったのは、白衣に包まれた、紋切型な長身。猫背の、重心のぶれた歩き方。

なぜかわからない。なのに、頭から離れない。

猫目を眇めて怜悧《れいり》な面をうかがっても、何が知れるわけもない。

感情の読み取れない涼やかな眼差しは、常に真実を隠している。すべてを曝け出そうとはしない。

それが、帯刀の強さであり脆《もろ》さだと、気づいているのは史世だけではない。目の前の当人が、誰より一番よくわかっているはずだ。

けれど、決してそれを認めようとはしない。だから、常に一歩引いた立ち位置で、一線を踏み越えてこない。こちらが踏み越えることも許さない。

玲瓏な美貌は崩れない。

その眼差しも揺らがない。

先に引いたのは帯刀だった。「睨んでらっしゃいますよ」と冗談口調で言って、背後の貴彬に意識を向けさせようとする。

猫目をきつく眇めた史世を引かせたのは、ほかならぬ貴彬だった。薄い肩を大きな手が包み込んで、胸へと引き寄せられる。不満の眼差しを上げれば、貴彬の目は、先と同じ色を宿して、長い付き合いになる筆頭秘書を映していた。

史世は、ふっと肩の力を抜く。

貴彬の目には真実が見えている。

それほどの男でなければ、自分はこの腕のなかにいないだろうし、帯刀も忠誠を誓いはしない。

今は、その事実さえあれば、それでいいのかもしれない。

そうわかっていても、史世の胸には、抜けない棘がある。

玲瓏な瞳の放つ氷の棘が、もう長く刺さって抜けない。疼《いた》くて、かなわない。


散開のとき。

九頭見は深々と腰を折って、謝辞をあらわした。そのとなりで天瀬も同様に。

ふたりの戦いがこれで終わったわけではない。だが、濃い霧が晴れたのは間違いないだろう。数カ月かからず、メディアが大騒ぎする大事件が発覚することになるはずだ。

真の戦いは、それからといえる。

犯罪者当人のみならず、世間とも、メディアとも、ふたりは戦わなくてはならないのだから。

7

史世《あやせ》が抱く帯刀《たてわき》への情を、どう表現していいものか、たびたび貴彬《たかあき》は考える。

広く愛情と表現されるべきものであることはわかっても、友情とも慕情とも違う、複雑な心理の混ざり合ったそれは、まさしく同族嫌悪と表現されるべきものなのか。

似すぎているからこそ反発して、似すぎているからこそ引き合う。だが、似すぎているからこそ、わずかな違いも目につく。

本当に似ているのかとも考える。

貴彬の目に、共通するところは多く見当たらない。

それは、ふたりを近くで見過ぎているがゆえに抱く印象なのか、それとも当人たちだけが互いに近いものを感じているだけのことなのか。ほかの誰かに尋ねたことはないからわからない。

妬けるかと訊かれたら、不思議とそういう類の感情は湧かない。付き合いだけなら帯刀とのほうがずっと長いから、根拠のない安心感があるのかもしれない。

そんなことを考えながら、指をするりと滑り落ちて行くやわらかな赤毛の感触を楽しむ。

情事後のまどろみの時間。史世は貴彬の腕のなかで何やら考え込んでいる。あのあと病院から連れ帰って、そのまま腕に抱き込んだ。

史世が居合わせたおかげで小田桐《おだぎり》が無事で、証拠の写真が敵の手に渡らなかったのは幸いだったとはいえ、わざわざ危険の渦中に飛び込んでいく無謀さには、もはや苦言を呈する気力もなく…というのが貴彬の正直な気持ちだった。

とはいえ、言わないわけにもいかず、痩身を捕らえて、頼むから無茶をしてくれるなと言い聞かせたわけだが、史世の反応はいわずもがな。毎度のごとくの可愛げのない態度を楽しむ余裕はあるものの、それでもいささかウンザリさせられる。

だが、この腕のなかに閉じ込めて、いっそ羽根を捥《も》いでしまおうか、などとともすれば胸に湧く昏《くら》い感情は、何もかもを見透かす大きな猫目に看破されて、結局白旗を揚げることになるのだ。

喰らい尽くすほどに痩身を貪っても貪っても、まだ足りないと感じてしまうのは、この腕に捕らえきれない漠然とした不安を常に感じているからかもしれない。

毎度毎度、よくもぐるぐると同じことを悩んでいられるものだと、史世は嗤《わら》うだろう。だが、どうしようもないのだ。自分が手折ってしまったのは、それほどの存在なのだから。

「あの医者の言葉を気にしているのか？」

史世が口数少なくなっている理由は別にあるとわかっていて、あえて別方向から攻めてみる。

あの病院の設備を揶揄していた。あのときの表情は、それまでの小田桐という医師から受ける印象とはまるで違うもので、史世はあんな表情をする小田桐を見たくはなかったろうと思ったのだ。

「いや、あいつから受ける違和感が消えた」

「違和感？」

尋ねても、返される言葉はない。説明できるようなものではないということか。

たしかに不思議な人物ではある。人の生死を目の当たりにする極限の地に赴きながら、明るい場所だけを見ているようなところがあった。それが、史世の言う違和感だろうか。

「大学の講師は非常勤だそうだが……惜しいな」

指定病院の院長も、いい腕をしていると言っていた。野戦病院云々は、それ以前に避けるべき問題だが、医師の人手は正直なところ不足している。

「ダメだ」

胸元から気だるげな声が否と返して、貴彬は視線を落とした。潤みを帯びた猫目と白い瞼、それを飾る濃く長い睫毛が、重たそうに瞬く。

「あいつは、晁陽《あさひ》と同じ匂いがする」

かかわらせないほうがいいと、掠れた声が呟く。

晁陽は、自分の意思で高野《たかの》の手をとった。高野以外にもはや頼る人間がいなかったのもあるが、相手が何者だろうと、心が離れられなくなってしまっていたのだからしかたない。

だが、小田桐にはそんな相手がいるわけでもないのだから、今回の一件が収まったら、それっきりにしたほうが互いのためだ。

それがわかっているから、ちゃんと名乗らなかったのだろう？　と、問う眼差しが向けられて、貴彬は「線引きは重要だ」と返した。

「ずいぶんと気に入ったようだな」

晁陽につなげていることからも、史世が小田桐を気に入っていることがうかがえる。だが晁陽のときと違うのは、より強く突き離そうとしていること。

似ていても、違うのだろうか。

史世の目には、どんな世界が映されているのだろう。

そして気づく。なるほど、自分の目に史世と帯刀が違って見えるのと、ようは同じことなのかもしれない。史世の目に、晁陽と小田桐は、似て非なる存在として映されている。

だがそれも当然と言えば当然だ。まったく同じ人間などいないのだから。だからこそ人は、他人と似たところを見つけて、違うところを見つけて、そんな他愛ないことに一喜一憂する。

「俺にかかわる人間全部に妬いてたら、本当に禿《は》げるぞ」

白い手が伸ばされて、貴彬の前髪をくしゃりと掻き上げる。悪戯をしかける爪さながらの白い指を捕らえて、指を絡め、その滑らかな感触を楽しむ。

「妬けるものはしょうがない」

おどけた口調に隠しながらも、かなりの本音を返せば、薔薇色の唇から零れる嘆息。

「あいつは女にしか興味がないみたいだぞ。初対面の俺を女と間違えたくらいだからな」

同じく美少女と間違えられた曄も激怒していた、と呆れ気味に細められる眼差し。

「……肚《はら》の据わった人物だ」

帯刀経由で報告を受けたときには、実はコーヒーを噴きかけたのだが、それは言う必要のないことだろう。

「だが、どうかな」

「……？」

瞬く白い瞼に軽く唇を押しあてて、微苦笑を零す。

性別など関係ない。

その存在自体に惹かれてしまったら、不可侵と思われた一線は、存外と簡単に超えられてしまうものだ。――まさしく自分がそうだったように。

「くすぐったい……」

熱を残した肌に悪戯をしかければ、胸の上で身じろぐ痩身。小さく毒づく声とともに上体が起こされて、翳る視界。視界いっぱいに迫る凄絶な美貌と、甘く鳴るリップ音。やわらかな髪が頬をくすぐって、貴彬は目を細める。

触れ合う頬と重なる鼓動。悪戯なキスで耳朶から首筋を啄めば、零れる熱っぽい吐息。

背筋を辿って双丘を鷲摑《わしづか》めば、細腰が悩ましく揺れる。

腹筋を使って上体を起こし、痩身をシーツに引き倒した。うつ伏せにして、腰骨を掴む。白い背を斜めに横切る刀傷に、そっと唇を落とした。

しなやかな身体のラインを辿るように掌を這わせ、なめらかな内腿の感触を楽しむ。

「ん……ぁ、あ……っ」

シーツを掴む白い手。

背中からおおいかぶさって、腰を抱え、身を進める。

「は……っ、……んんっ」

撓《しな》る背と、突き出される双丘。ゆるりと穿てばシーツを手繰り寄せる指に力が加わる。

ふいに襲った衝動に任せて、貴彬はしなやかな肢体をシーツに押しつけ、荒っぽく細腰を掴んだ。

腰だけ高く突きだしたような恰好で引き寄せて、蕩けた内部を深く抉《えぐ》る。

「ひ……っ、あぁ……っ！」

迸る甘い嬌声。

突き上げに合わせて悩ましく揺れる腰と、振り乱れる赤茶の髪。シーツを叩《たた》くそれが淫《みだ》らで、より情欲を煽られる。

「貴…彬……」

甘い声に呼ばれて、動きを止めて耳朶に軽く口づける。

「や…ぁっ、ん……っ」

どうした？　と囁《ささや》きを落とすと、情欲に潤んだ瞳に睨まれた。喉の奥で低く笑って、ギリギリまで身を引く。

「は……ぁっ、く……っ」

打ち震える白い身体。健気に拓いて貴彬自身を受け入れる場所は熱く戦慄《わなな》き、熟した肉体からは豊潤な甘い芳香が立ち上る。滴る汗が白い肌を飾って、悩ましさがいや増す。

肌と肌のぶつかる音。荒い呼吸と悩ましい声。

戦慄く痩身に情欲の限りを注いで、奥の奥まで貪って、ともに頂へと駆け登る。

「あ……ぁ……、――……っ！」

しなやかな背が逸らされて、迸る刹那《せつな》の声。

ねだるように引き絞る動きは、純度の高い麻薬のように、より濃い欲望への欲求を生む。

「は……ぁ、ん……」

余韻に震える身体を抱きしめて、白い項《うなじ》に唇を落とす。過敏さを増した肌は些細《ささい》な刺激にも戦慄いて、男の悪戯心を煽った。

肩を胸に引き寄せ、片脚を後ろから抱えて、再び繋がりを深める。白い腕が伸ばされて、無理な体勢で頭を抱き寄せられた。片腕で身体を支えた恰好で、より深く繋がる。

「ん……貴彬……っ」

いつもと穿つ角度が違うからか、史世は眉を顰め、少し苦しげに背後を仰ぎ見た。だが、そんな表情も艶めいて、攻める男を煽るばかりだ。

やがて、喘《あえ》ぐ声さえ嗄《か》れて、何もかもおまえの望むままだと明け渡される肉体。あえかに啜り啼《な》きながらも、蕩けた瞳の奥に宿る強い光は消えずにそこにある。

「史世……」

愛しい名は、何度呼んでも、その都度違う感動を与えてくれる。存在そのものが奇跡のような肉体は、何度抱いても新鮮な驚きがある。

放埒《ほうらつ》ののち、喜悦に震える肉体がやがて落ち着きを取り戻して、貴彬は無理を強いた身体を労うように胸に抱き込み、やさしく背を撫でる。

ホッと零れる熱の余韻を孕んだ吐息。

気だるげに伏せられた白い瞼。

胸の上に投げ出された肢体は、くたりと力が抜けて、すべてを貴彬にあずけきっている。

赤く腫《は》れたように艶めく薔薇色の唇が、ふいに笑みを刻む。どうした？　と問うと、悪戯な光を宿した猫目が貴彬を映した。

「一緒に地獄に堕ちてやるって、すごい殺し文句だよな」

クールそうに見えて熱い天瀬《あませ》が口にした、九頭見《くずみ》を諫める言葉。熱烈な愛の言葉と言いかえられるそれを思い出したのか、史世がクスクスと笑う。

「角鹿《つぬが》は完全に手綱を握られているな」

幸せでいいことだと苦笑する。尻に敷かれているくらいがちょうどいい。腕のなかにおさまる存在が幸福なら、それだけでいいのだから。

「この先は、斯界のやり方が通じない世界だ」

たとえチンピラ相手でも、極道の常識が通じれば、対処のしようもある。史世の名は知れ渡っているから、それだけで充分な抑止力ともなるだろう。

だが今回は、それが通じない相手だった。だからこそ嘉威《かい》は負傷し、先々の処理は弁護士の肩書を持つ天瀬の手にゆだねられる。警察の動向も、うかがわなくてはならないだろう。きっとまた、困ったキャリア殿から連絡が入るはずだ。

こんな危険が、今回ばかりとは限らない。割れた極統会の一派はより凶悪化して、違う力を引き寄せもするだろう。政治か、司法か、あるいは海外の犯罪組織か。これからは、そうしたものとも戦っていかなくてはならない。

「だからおとなしくしてろって？」

「願わくば」

言っても無駄とわかっていて、それでも冗談ではすまされない現状を確認する。

史世は、まるで獲物を狙う猫科猛獣のように瞬きもせず貴彬の瞳をじっと見据えて、そして言った。

「無茶と無謀の違いはわかってる」

無茶をするかもしれないが、無謀なことはしないと言いきる。貴彬は長嘆を禁じ得ない。無茶と無謀の線引きの位置に、ずいぶんと認識の相違があるようだ。

自分の存在が史世に無茶をさせるのだと、わかっている。その歓喜に震えながら、恐れもする。

自業自得か…と、貴彬は胸中でひとりごちる。

手折ったのは自分なのだ。先々にもたらされるすべての結果が、それに起因している。諦めるよりないのだろうが、諦めきれずにあがいている。せめてあと少し、史世が社会に出るまでは。

「シャワーを浴びるか？」

「それよりも腹ペコだ」

帰宅してすぐに襲われて、何も胃に入れていないと文句を言われる。外食はもちろん、この時間ではケータリングも無理だな…と思案を巡らせていたら、白い手にたくしあげられるブランケット。もぞり…と身じろぐ痩身。

「寝て起きたら朝だ」

ふわふわのスクランブルエッグもカリカリのベーコンも、メープルシロップのたっぷりとかかったフレンチトーストも、朝になってから堪能すればいいと、睡魔に掠れはじめた声が言う。絞りたてのフレッシュジュースとボウルいっぱいのサラダと、それから香り高いコーヒーもつけようと返せば、約束だからな…と、吐息が紡いだ。

「史世？」

「ん……」

寝心地のいい場所を探していた小さな頭が肩口におさまって、コトリと寝に落ちる。頬にかかる髪を梳いて、白い額に淡いキスをひとつ。

愛しい寝顔をもっと堪能したい男の上にも睡魔はゆるりと降りたって、高い体温を腕に抱き、貴彬も瞼を閉じた。

麻酔から醒めた嘉威が最初にしたのは、己の身体を起こそうとすることだった。だが、身体が自由にならないとわかって、状況を理解したのだろう、眉間に皺を刻む。そのあとでやっと、ベッド脇に座る小田桐に目を向けた。

「先生……？」

「さすがの体力だな」

ひとつ安堵の息をついた小田桐は、怪我の状況と手術の内容を端的に説明して、最後にしばらくの入院が必要だと告げた。

「拳銃の弾ごときに……」

そう呟くのを聞いて、ウンザリと嘆息する。

兵士というのはみんなこうだ。とくに、訓練され尽くした精鋭は。話せるかと確認して、小田桐は言葉を継ぐ。

「君は、どこの部隊にいたんだ?」

尋ねれば、嘉威はなぜわかるのかと驚いた顔をして、有名な外人部隊の名を舌にのせた。

「コルシカ島駐屯の連隊に所属していた」

「精鋭部隊じゃないか」

「さすがによく知ってるんだな」

あんなふうに銃弾の前に飛び出していける日本人など、限られている。警察と自衛隊以外となればなおさらだ。

「そんな君が、なぜ今ここにいる?」

自分はこれを聞きたくて、嘉威の付き添いを買ってでたのかもしれないと小田桐は自身の心情を分析する。

海外暮らしが長くなって、遠くから眺める祖国を美化しすぎていたのだろうか。そんなことを考えてしまうほどに、突きつけられた現実は強烈だった。その最たるものが、銃創を負ってベッドに横たわるこの男だ。しかも彼は、自分を庇って負傷した。

ありえない、考えられない、現実だった。

史世に「本当に知りたいのか?」と訊かれたときに、即答できなかった。恐ろしくないわけがない。なのに、あの場にいた人間たちは、それをあたりまえの顔で受けとめていたのだ。

なぜそんなことができるのか。なぜ、大学生の史世がそんな人間たちとかかわりを持っているのか。わからないことばかりで、パニックにならないのが不思議なくらいだ。

だから、訊きたかった。

躊躇《ためら》いもなく、銃弾の前に身を投げ出した男に。

「いらっしゃったのだろう？　会わなかったのか？」

貴彬と会ったのではないのかと言われて、小田桐は怪訝そうに眉根を寄せる。つづく言葉はない。やや して、それが返答なのかと気づいて驚いた。

会うだけで、わかるというのか？　わかれと言うのか？

「あの方は、何者なんですか？」

その問いは、当人が名乗らなかったことを示している。だから、訊いても無駄かと思ったが、思いがけず返答がもたらされる。嘉威は、短く「黒龍会」とだけ返してきた。

「黒龍会？」

ヤクザ者？

あれが？　あんな、まるで軍隊のように統制のとれたあの組織が？

インターネット検索をかければ、何かしら情報はヒットするだろう。組織については、あとでゆっくりと調べればいい。

だが、そこから読み取れる情報と、自分が目にした現実との間には、きっと大きな隔たりがあるはずだ。その程度のことは、もうわかる。

知りたいのは、表向きの情報ではない。

そう思うのに、鼓膜に蘇る、史世の声。

――『本当に知りたいのか？』

小田桐は、それ以上の問いを重ねることができなかった。

麻酔から醒めたばかりの嘉威に無理はさせられない。事実でありながらも、言い訳にしか聞こえない理由を持ち出して、小田桐は会話を切る。

「疲れただろう？　眠るといい。今晩は自分が付き添う」

点滴を確認しつつ言うと、嘉威は重そうな眼差しを向けた。

「あんたが？」

「院長にかわって執刀させてもらった。最後まで責任はもつ」

「……たのもしいな」

言葉の最後は、掠れて声になっていなかった。

瞼を落とした嘉威の身体から強張りが抜け、やがて規則正しい呼吸。銃創を負った患者の治療をしたのははじめてではない。けれど、こんなに整った設備のなかで処置をしたのははじめての経験だ。

「すごい病室だな……」

だがきっと、無駄な設備ではないのだろう。その必要あってのことなのだ。

それはわかる。……いや、わかった。

けれど、そこまで。小田桐にとっては、銃弾飛び交う紛争地帯以上に、現代日本の裏の姿は、衝撃的なものだった。

その事実を、いまは受けとめることしかできない。

久しぶりに帰った部屋は、春は名のみの寒さにすっかりと冷えきっていた。

薄暗い部屋に帰る者など自分以外にいるはずもなく、帯刀は玄関を上がって真っ暗な廊下を歩く。必要最低限しか、明かりは灯さない。だから、玄関も廊下も、照明はロクにつかった経験がない。

リビングのドアを開けて、それに気づいた。

——……っ⁉

潜められた気配が、たしかに存在する。帯刀以外に、足を踏み入れる者のない部屋に。

手にしていたバッグを置き、息を殺し、ドアの影に身を寄せる。袖口に仕込んだナイフの存在を確認して、音もなく一歩を踏み出した。

ふいに背後に現れる気配。

「……っ！」

繰り出した攻撃は容易《たやす》くガードされ、逆に頬を一撃が掠める。距離を取ろうにも、それを許さないとばかりに間合いが詰められる。頭に入った家具の配置を辿りながら、攻撃を躱《かわ》して、チャンスをうかがう。

闇に潜む気配が、ソファに足を取られる。

帯刀は袖口に仕込んだナイフを突き出した。

革製のソファの軋む音、かすかな息遣い。繰り出したナイフの切っ先が、背中からソファに倒れ込んだ暴漢の喉元ギリギリでその動きを止めたのと、リビングのライトが最大光量で突然灯ったのとは、まったく同時だった。

光に一瞬視界を奪われて、だがそれはすぐに解消され、目の前にはそうだろうと思ったままの顔がある。

「手荒い歓迎だな」

ナイフの切っ先は、まさに喉元に食い込もうとしているのに、あとほんの少し力を加えれば、赤い液体が滴り落ちるだろうに、恐れるでもなく飄々と返してくるこの余裕。

「貴様が余計なことをしかけるからだ」

ナイフをしまって、身体を起こす。だがそれは途中で阻まれて、伸びてきた手に二の腕を摑まれた。

見下ろす先には、精悍な面立ち。意思の強さを表すくっきりとした眉と、口にする軽い声音とはうらはらに、瞑《くら》い瞳。

何者か、知らないわけではない。

だが、名前しか知らないとも言えるし、その名前すら、本名かどうかもわからない。そんな厄介な相手と、もう何年こんな関係がつづいているのか。

偶然の出会いからはじまった関係だった。

はじめはただの肉欲だと思っていた。

けれど、気づいたときにはもう、離れられなくなっていた。

任務の合間に、東條《とうじょう》はこうして、ふいに帯刀の前にあらわれる。帯刀を抱いて、そしてまたふらりと消える。

だが、帯刀のプライベート空間に出没するのは珍しいことだ。いつもは、極力危険を排除したやり方を選択する。

音信のない間、どこの空の下で、どんな名前をまとっているのか、帯刀は知らない。

ひと月ふた月姿を見なければ、どこかで野たれ死んだのかもしれないと考える。だが、数カ月してなんでもない顔で、またあらわれる。――そんな男は、帯刀が調べた限り、東條征彦《ゆきひこ》という名を持っている。

大きな手が頬に触れる。

それをはたき落して、帯刀は身体を起こす。ソファを離れようとして、背中から拘束された。

「……っ」

顎《あご》を摑まれ、後ろからおおいかぶさるように奪われる口づけ。濃密さを増していくそれが、身体の力を奪う。久しぶりの熱だった。

唇が離れても、拘束する腕は解かれない。帯刀は長身を見上げて、口づけに邪魔された会話を戻した。

「ずいぶんと面白い場所に出没していたな」

史世の大学の医学部に、いったいなんの用があったのか。

標的は小田桐だったのか、小田桐に接触するだろう誰かだったのか。目的は隠蔽だったのか、それともただの監視だったのか。

インテリジェンス――防諜《ぼうちょう》の最前線にいる男の任務は多岐にわたって、帯刀ですら掌握できるものではない。

「なんの話だ？」

「侮るなよ。史世さんは感づいているぞ」

戸籍まで完璧に他人になりすましても、計算の上に直感を働かせて、世界のすべてをその独特の感性で受けとめることのできる特異な人間相手には通じないと忠告する。

「もはや仔猫ちゃんとは呼べないか。立派な猫又に育ったな」

茶化した言葉を並べたて、話の主旨をうやむやにしてしまう。言葉のマジックに、しかし帯刀はひっかからない。

「東條」

感づいているのは史世だけではない。幸心会《こうしんかい》の会長である徳永《とくなが》にも、以前にそれとなく釘《くぎ》を刺されたことがあった。そしてたぶん貴彬も、何も言わないけれど気づいている。

硬い声で諫めれば、口許に刻まれる苦い笑み。

「久しぶりなんだ。もう少しやさしくしてくれないか」

もっと色っぽい話がしたいものだと、茶化す声に孕む重さ。

「貴様の心がけ次第だな」

自分と接触している、その事実だけでも東條にとっては不利益となる。

それでも、離れていた時間が長ければ長いほど、互いの体温は忘れがたく、ズルズルと関係がつづいている。

「あの情報の出所を、適当に工作してくれ。諸刃《もろは》の剣だ」

今回の長侶《ながとも》社長失踪事件の黒幕と、角鹿――いや、九頭見の弟夫妻を襲った不幸の元凶とが、イコールで結ばれる事実。その決定的な証拠とともに情報を提供して寄こしたのは東條だった。

だか、なぜ？　とは確認していない。

この情報を帯刀に寄こして、九頭見と天瀬とを動かして、いったいどんな結末を望むのか。

これも任務のうちなのか、それとも個人的に動いているだけなのか。訊いたところでどのみち答えは返らない。

秘密のヴェールにおおわれた世界。どれほど肌を合わせても、それはかわらない。それでも東條は、帯刀の動向を常に捉えている。どんな手段を用いているのかは不明だ。

史世に耳朶に問われたとき、内心ギクリとして、それを表に出すような帯刀ではないものの、その頭の回転の速さに、後付けで用意する理由など通じないと痛感させられた。

「頭の良い人間ばかりに囲まれているのはやりにくいな。インテリな若様のみならず、仔猫ちゃんまでいるんだから」

襲名当時はともかく、貴彬はもはや若様ではないだろう。それに、史世を仔猫ちゃん呼ばわりできないと、ついさっき自分で言ったはず。茶化した言葉を紡ぐ唇は、しかしふいに引き結ばれ、耳朶に低い囁きが落とされる。

「大臣は失脚する。もともとそういう脚本になってる」

事件の黒幕の政治家は、誰が書いた脚本なのか、失脚の日が見えているのだと吐露する。

「我々を利用する気か？」

長侶社長の安否を案じる黒龍会の動きを利用したのかと、さすがの帯刀も眉間に深い皺を刻んだ。

「互いにメリットがあるときは、利用とは言わない」

「屁理屈だな」

「ああ、そうだ」

東條の腕の囲いが狭められる。胸と胸が合わさった。

「屁理屈を捏《こ》ねてでも、あんたを抱きたい」

吐息が唇に触れる。

「好きにしろ」

帯刀は、好きなだけ抱けばいいと、突き放したように言う。

それはいつもの決まり文句。

口づけ以上に、男の熱を焚《た》きつける言葉。

もつれ合って、ソファに倒れ込む。

そういえば、はじめて抱き合ったのも、この場所だった。

8

八分咲きの八重桜は花見に最適の美しさで、行燈《あんどん》に照らされた夜空に幻想的に映える。

那珂川《なかがわ》の屋敷の内庭にある遅咲きの桜で、今年最後の花見をしようと言いだしたのは、当然のことながら晁陽《あさひ》で、週末の夜ということもあって、今回は昼間働く大人組も全員参加だ。とはいえ皆多忙な身、仕事が終わった者から順次参加すること、というふれこみになっている。

真っ赤な敷物の上にレトロなテーブル。その中央には漆塗りの立派なお重があって、それだけでなくテーブルいっぱいに料理の皿が並んでいる。

帯刀《たてわき》が懇意の料亭に手配した花見御膳はさすがの華やかさで、目からも春の滋味を感じさせてくれる豪華さ。春とはいえ夜は冷えるから、おでんや甘酒、毛色の変わったところでシチューなども用意されている。

大人たちが仕事を終えて集まってくる前に、猫連れで集った面々は、そうそうにお重を広げ、好みのおでんを頬張って、またもや花より団子な花見をはじめた。

屋敷の内庭だから、ちゃんとヒーターやコンロも用意されていて、茶々丸《ちゃちゃまる》はすでにヒーターの前に陣取って目を細めている。ずいぶんと大きくなった仔猫たちも、暖かい場所に集まっていた。兄弟の尻尾にじゃれたり、ボールを追いかけたりと忙しい。

ちなみに浅見《あさみ》と九条《くじょう》と天瀬《あませ》は、宴会の準備中に来ておのおのの愛猫をあずけ、いったん仕事に戻っている。お開きになるまでには顔を出すだろう。

「おでん、味が染みてるね」

「炊き込みご飯も美味いよ」

用意された料理に舌鼓をうちつつ、その合間に、仔猫たちにケータイカメラを向けて、撮影にも余念がない。

史世《あやせ》は、お重のなかの煮物や焼き物をつつきつつ、膝によじ登ってきた、天瀬のところの仔猫をあやす。

「連休どうする？」

「旅行とか、行きたいですよね」

恋人そっちのけの計画をたてはじめるふたりに、

「勝手に決めると、あとが怖いんじゃないか？」

お仕置きされるのは自分たちだぞ、と指摘を投げれば、晁陽が手毬寿司を頰張りつつ、「へーきへーき」と後先考えない返答を寄こした。

「そんなの、史が一緒だったら平気だよ」

晁陽の言葉に、曄も「そうそう」と頷く始末だ。

「どうだかな」

知らないぞと脅しながらも、「温泉つきの別荘でまったり、って手もあるぞ」などと提案してみたりもする。

長閑で、おだやかな時間だ。

長侶《ながとも》社長が遺体で発見されて、嘉威《かい》が撃たれて、しばらくの時間が過ぎたからこその、日常。

失われた命は還らないし、嘉威の受けた傷も消えないけれど、積み上げられていく日々が少しでも平穏であればいいと、誰もが願っている。平穏を噛み締めるための、長閑な時間だ。

だからこそ、その報告はあまりにも唐突すぎたらしい。

串にささった三色団子に手を伸ばした晁陽は、冬眠前のリスのように頬を膨らませた顔で、「え!?」と目を丸くした。

「ええ!?　もう行っちゃったのか、小田桐《おだぎり》さん」

小田桐が、特別講義のスケジュールを早めて、またも海外に赴任したと聞かされたためだ。

「見送りは？　行かなかったのか？」

「行ってない」

短く返せば、さすがの晁陽も「なんで？」とは返してこなかった。

かかわらせないほうがいいと、皆わかっているのだ。いまさらと言われても、それでも。

「もう危険はないんだ？」

小田桐を狙った連中にまた彼が狙われることはないのかと暉《あきら》が案じる。

「ああ、角鹿と天瀬さんが動いて、警察も検察も重い腰を上げたようだからな。念のために、嘉威の昔の仲間に向こうでのボディガードを依頼してるらしい」

「嘉威さんって、軍隊経験者だったっけ？　じゃあ、そのときの？」

なら平気だね、と暉はホッと息をついた。


最後の特別講義の日、初対面の日同様、カフェで参考書を開いていた史世を見つけて声をかけてきた小田桐は、出国のスケジュールが決まったと言った。

今度は政情が不安定な、貧しい国に行くのだという。さすがに紛争国は避けたようだ。

懲りないなと言うと、自分が医師としてあれるのは、最新の医療機器を備えた設備のいい大病院ではなく、ギリギリの環境で助けを求めている人々のもとなのだと、照れることも、臆することもなく言ってのけた。

それから、「彼に謝っておいてくれるかな」とも。

貴彬《たかあき》に辛辣な言葉を吐いたことを、あのあとずっと後悔していたらしい。

「気にすることはない。事実だ」

私財からいくらか寄付するように言っておこうと言うと「もういただいたみたいだよ」と返される。

その口調から、相当な額だったらしいと察することが可能だった。史世は何も聞いていない。

小田桐に言われて、思うところがあったのだろう。シマの人々の平和で平穏な暮らしを願いつつ、自分の視野の狭さを思い知らされたに違いない。それは史世も同じだった。

だからこそ、つづいてかけられた言葉には、あえてつれなく返した。

見ているものが違うと、互いに理解したがゆえに。

「次に帰国したときに、また連絡していいかな」

「やめとけよ」

充分に懲りただろう？　と口許に揶揄の笑みを刻む。小田桐は、少し困ったような顔をして、それだけ。頷くことも否定することもなかった。

それが最後だ。

その翌日には、小田桐は日本を発《た》ったと聞いている。


「嘉威は見送りに行ってたみたいだけどな」

退院が許可された嘉威は、いまだリハビリを余儀なくされているが、現場復帰も近いらしい。さすがに鍛え抜いた肉体は治癒も早いようだ。

「顔を見せてないんじゃ、見送りとは言わないいんじゃないの？」

曄が肩を竦めて、「護衛もかねて様子を見に行っただけだって聞いてるよ」と言う。

「気持ちの問題だろ」

護衛として役に立つかもわからない体調で、それでも行ったのだから、助けてもらった恩義を感じているのだろう。そもそも小田桐を庇っての負傷だったわけで、フィフティフィフティではあるのだが、それこそ気持ちの問題だ。

そこへ、廊下を踏む音がして、痩身がやわらかな笑みとともに現れる。

「遅くなっちゃって」

「浅見さん！」

追っかけ参加組のひとり目、浅見が差し入れを手に縁側を降りてくる。その背後に剣持の姿もあるが、邪魔しないようにとの心遣いか、縁側から降りてはこない。

若者たちの嗜好《しこう》に合わせたのだろう、テーブルに広げられたのは、フレッシュバジルをたっぷりと使ったピザだった。

すると今度は、九条と祠室《しむろ》が連れだってやってきた。

「差し入れだ」と、デンッ！　とテーブルに置かれるのは一升瓶。

「周兄《あまね》さん、これ差し入れじゃなくて、自分用のでしょう？」

しょうがないなぁと突っ込むのは曄だ。

「それは我々でいただこう。かわりにこれを」

次いでやってきた高野が差し出したのは、コーヒーショップの一番大きなショップバッグで、なかには温かい飲み物が並んでいた。

縁側には、大人組のための宴席が設けられる。

燗酒《かんざけ》と、美しく小鉢に盛られた数種類の酒の肴《さかな》。旬《しゅん》の素材がふんだんにつかわれた料理は、良質な酒をほどよく引き立ててくれるはず。

「遅れて申し訳ありません」

盛り上がってますね、とふたりそろってやってきた天瀬と角鹿の表情がやわらかいのを見て、一同は事態の進行状況を汲み取る。正式に朗報がもたらされる日も近いだろう。

「みゃん！」

天瀬を見つけて、一匹の仔猫が兄弟の輪から抜けて駆けていく。天瀬に引き取られた雌の白猫だ。

「いい子にしてたか？」

「みゃあ！」

天瀬に飛びついて、ゴロゴロと喉を鳴らす。ほかの四匹も、おのおのの主の腕に抱かれてご機嫌だ。

だが、この屋敷で飼われている一匹は、史世の膝の上。

オヤジたちは、内庭に面した縁側に膳を置いて、花見酒と洒落《しゃれ》込む。

ときおり吹く花散らしの風が薄墨色の花弁を舞い上げて、夜空を幻想的に彩る。

そこへ、帯刀が燗酒ののった盆を手にやってきて、縁側に膝をつく。すると、それに気づいた白猫は嬉しそうにひと鳴きして、史世の膝からぴょんっと跳ねた。

「みゃあ！」

縁側に飛び乗り、帯刀の膝に前肢をのせて、背伸びをして、懸命に己の存在をアピールしようとする。ここしばらくで慣れたのかそれとも諦めたのか、帯刀はチラリと仔猫に視線を落としたものの、追い払おうとはしなかった。そのかわりに、抱き上げようともしないけれど。

「皆、そろっているな」

最後に、神崎《かんざき》をともなった貴彬が姿を表して、場はようやく体裁を整える。

高野《たかの》や剣持《けんもち》たちオヤジ組に混じった貴彬が手にした盃《さかずき》を高く掲げると、一同もそれに倣った。無礼講の場は和やかにすぎて、ひととき日常を忘れ、疲弊した羽根を休める場所となる。

散りゆく花の命は短い。だからこそ、人はその儚《はかな》さと潔さに惹かれる。

平和なときも、長くつづくわけではない。

今宵限りになるかもしれない可能性が、集う場へ足を向けさせる。

厳しい現実を受け入れながらも、その口許に笑みを刻ませる。

「来年もやりたいな」

そう呟いたのは曄だった。

「絶対にやろうぜ！　いいよね、怜司《れいじ》さん」

晃陽が大きく頷いて、保護者に同意を求め、場を盛り上げる。

「だそうですが？」

貴彬に酌をしていた高野が、どうされますか？　と視線だけで尋ねる。

「恒例行事にするといい。どうだ？」

貴彬が意見を求めた先には、玲瓏な美貌。

「御意に」

静かに頷く帯刀の膝横には、安心しきった顔で眠る白猫。膝にのり上げようとするのを払われて、そこで丸くなったのだ。

その様子を少し離れた場所からうかがいながら、その一方で史世は、花の散る音を聞いていた。

桜の大木の向こう、濃い闇に散って消えていく、それは現《うつつ》の情景ではない。恐ろしい、闇の光景だ。

ふいに頬に触れる指先、身体を包み込む体温。首を巡らせれば、いつの間にか縁側から下りてきたのか、濃い闇を映していた大きな猫目に映り込む愛しい男の顔。

静穏を宿すその瞳には、史世が見ていたのと同じものが映されている。

おのおののパートナーと肩を並べ、春の夜の寒さを凌《しの》ぐ一同の向こう、闇を見つめる帯刀の傍らには、小さな白猫の体温がひとつ。

風が吹き抜ける。

薄桃の花弁が散って、朧月《おぼろづき》に照らされた夜空を幻想的な墨色に染め上げる。

「綺麗……」と呟いたのは、誰だったのか。

そうだ。恐ろしいものではない。この情景は、美しいものだ。

広く頼れる胸に背をあずけて、史世は白い瞼を伏せる。すべての人の目に、この光景が美しいものとして映ればいい。それは、不可能な夢物語ではないはずだ。

エピローグ

ある会社が外為法違反を犯した事件は、夕方のニュースで短く取り上げられる程度にしか、世間に認知されることはなかった。

メディアが騒ぎはじめたのは、大臣まで務めた大物政治家が背任の疑いで逮捕されたと速報が流れて以降のこと。

だがこれは、この先暴かれる犯罪のとっかかりにすぎない。この先新たな罪が暴かれるたび、再逮捕が繰り返されることになるだろう。

そのなかには、犯罪隠蔽のために若い夫婦が事故に見せかけて殺された事件への関与も含まれる。たとえ実行犯が別にいたとしても、殺人教唆の罪に問うのが困難でも、関与していた事実が明るみになりさえすれば、あとは世間が勝手に騒いでくれる。もちろんそのなかには、意図的に政治家の罪を暴きたてるジャーナリストの姿もあるはずだ。

情報も力なら、ジャーナリズムも力だ。

裁判が結審するまでに、いったい何年かかるかはわからない。それでも、隠されていた闇に光を当てることができる。角鹿《つぬが》が九頭見《くずみ》に戻れる日がくる。

遠い彼方《かなた》に霞んでいたゴールが、視認できるようになった。それは大きな一歩といえる。


大学構内のカフェ。

ランチタイムのすぎた時間帯、店内にはまったりとした空気が満ちている。

「……なんだって？」

史世《あやせ》は、眉間に深い皺を刻んで、向かいの席でホットコーヒーを飲む悪友の顔を見やった。

「だから、山内《やまうち》さん、行方知れずなんだとさ」

新見《にいみ》からもたらされたのは、例の研究員が失踪したという情報だった。

何日も大学に現れないため、確認をとったところ判明したのだという。警察に失踪届を出したのは紹介した教授で、身を案じる親兄弟はいないらしい。

「教授はどこで山内さんと知り合ったんだ？」

「なんでも、学会で声をかけられて、意気投合して、気に入ってそのままひっぱってきたとかなんとか……」

史世が目を眇めれば、新見は「俺を睨まれてもな」と苦笑して肩を竦める。

山内という研究員が、今後どこかで目撃されることは、きっとないのだろうと史世は確信していた。

だが同じ顔をした別の人間とは、きっといつかどこかで顔を合わせることになる。

それは、たしかな予感だった。

命の温度

その夜、自宅に仕事を持ち帰った帯刀《たてわき》は、パソコンなどをおさめたビジネス用のキャリーバッグを開けた途端に目を見張り、その格好のまましばし固まった。

どんな事態にも冷静に対処可能な敏腕秘書らしからぬ思考の停滞は、しかし彼の目線の先にあるものを確認すれば、いたしかたないと思えるだろう。

キャリーバックから顔を出したのは、取りだそうとしていたパソコンではなく、真っ白な生き物。三角形のピンク色の耳をピクピクと反応させ、長い尾を揺らし、青い目をキラキラさせた、愛らしい仔猫《こねこ》だった。

その青い目と見つめ合うことしばし、帯刀はひとつ小さく息をつく。

「どうやって迷い込んだんだ」

「みゃあう！」

「……」

思い返してみればたしかに、バッグを閉じる前に電話がかかってきて、それに応じている間、わずかな時間ではあったが傍《そば》を離れた。必要なものは詰め終わっていたから、車に運んでおくようにと舎弟にジェスチャーで指示を出したのは自分だ。まさか、そのわずかな隙《すき》に潜り込んで、舎弟はそれを知らずにバッグを閉じてしまったのだろうか。

バッグから転がりでた白猫は、床に片膝《ひざ》をつく帯刀の膝に寄り添ってきて、そして身体《からだ》によじ登ろうとする。仔猫を抱けない帯刀は、身を引くことでかろうじて愛らしい爪《つめ》での攻撃を躱《かわ》し、腰を上げた。仔猫は足にまとわりついてくる。

まいったな…と、口にしないものの、その表情が大きく変わることもないものの、実のところ帯刀はかなり困り果てていた。

この部屋には猫用トイレなんてないし、餌《えさ》だってない。猫タワーもベッドもないのだ。置いておけるはずもない。

もう一度屋敷に戻るしかないのか。舎弟の誰《だれ》かを呼んで連れ帰らせるか。

足下に擦り寄る白猫を見下ろしながら考える。

だが、猫にかまけていられない気配を察して、スッと目を細め、仔猫を蹴《け》らないように気をつけながら、大股《おおまた》にリビングを横切った。

ベッドルームのドアを開ければ、薄暗いなかに見慣れたシルエット。部屋の鍵《かぎ》はかかっていたはずだが、この男相手に言っても意味のないことだ。

「……おまえか」

別段驚くでもなく、帯刀は呟《つぶや》く。

この部屋にくるなんて、珍しいこともあるものだ。会うのはいつも違うホテルで、向こうから勝手にアポを取りつけてくるだけの関係。帯刀が行かなければそれで終わる。そういう関係だ。互いのテリトリーに踏み入ることは少ない。

「面白《おもしろ》いものを見させてもらったよ」

不法侵入をしておきながら、悪びれる様子もなく、男――東條《とうじょう》は平然と言葉を返してきた。

ドアの隙間から帯刀の様子をうかがっていたらしい。東條は口許《くちもと》に愉快そうな笑みを刻んでベッドから腰を上げる。そして、帯刀を追いかけてきた白猫を、躊躇《ちゅうちょ》なく抱き上げた。

帯刀にしか興味を示さず、史世の腕にしか抱かれない仔猫は、嫌そうにするものの、大きな手から逃れる術《すべ》が見つけられないのか、やがてくたんと身体を投げ出しておとなしくなる。だがその青い目は、帯刀をずっと映したまま。

「あんたが猫とはね……可愛《かわい》いな、名前はなんていうんだ？」

「さあ？」

屋敷に仕える舎弟たちは、「チビ」だの「チビ介」だの、皆好き勝手に呼んでいたはずだと言えば、東條は、それはないだろうと、さすがに呆《あき》れた顔をした。

「かわいそうに。名無しじゃあんまりだよな」

「みゃあ」

真っ白な仔猫を抱いてあやしながら、「つけてやれよ」と勝手なことを言う。そんな情人と迷い猫とを放置して、リビングのソファで仕事をはじめようとする帯刀の隣に、東條は仔猫を抱いて腰を下ろした。

「連れてくるな。邪魔をする」

猫がじゃれてきて仕事の邪魔をするはずだから離れていろと言えば、隣から零れる小さな笑み。

「邪魔だとは言わないんだな」

邪魔だから連れてくるな、というのと、邪魔をするから離れていろというのとでは、言う人間の心理に大きな差がある。深く考えずに発した言葉ならなおのこと。

それを指摘する東條に、帯刀は感情のうかがえない冷めた眼差《まなざ》しをパソコンのディスプレイに向けたまま「こだわるほどの違いがあるとも思えないが？」と抑揚のない声で返す。だが東條は、そんな帯刀の心理をこそ指摘したい様子。

「大きな違いさ」

含みのある声音で返されて、思わず手を止め、傍らの男を瞳《ひとみ》に映す。だが、意味を見出せない問答をする気もなく、帯刀は早々にパソコンに視線を戻した。

東條は何も言わず、仔猫と遊んでいる。帯刀の膝に行きたいと暴れる仔猫を、仕事の邪魔をしたら叱《しか》られるぞとあやしているだけのことだから、遊んでいるのか爪を立てられているのかわからない状況ではあるけれど。

パソコンのディスプレイに映しだされる内容に、東條が意識を向けることはない。帯刀も、別段隠さない。

隠し立てするほどの内容ではないからというのが一番の理由だが、ディスプレイに表示されるのが組織の最重要機密だったとしても、そもそも隠す意味はない。東條の手にかかれば、どんな極秘ファイルも簡単に暴かれてしまうだろう。

黙って仔猫を撫《な》でつづける男の隣で、黙々と仕事を進める。

どれくらいの時間が過ぎたのか、コーヒーの芳香が鼻孔をくすぐって、チラリとディスプレイから視線を外せば、テーブルに置かれるコーヒーカップが視界の端に映った。ソファが軋《きし》んで、仔猫を肩に抱いた東條が、マグカップを手に腰を下ろす。

だが帯刀は、コーヒーに手を伸ばしながらも何も言わず、仕事をつづける。予告もなく現れるのは東條の都合だから、こちらが合わせる必要はない。

仕事を終えて、ひとつ息をつく。パソコンを閉じたタイミングだった。

「あい」

傍らから意味不明な言葉が聞こえて、帯刀は怪訝《けげん》な顔を向けた。

「……？」

白猫を抱き上げ、その小さな顔を目の高さに合わせた東條は、「こいつの名前だ」と返してくる。

帯刀は長い睫毛《まつげ》を瞬《まばた》かせ、眉間《みけん》に刻んだ皺《しわ》をさらに深くする。東條はかまわず言葉を継いだ。

「藍色《あいいろ》の藍、瞳のＥＹＥ、もちろん、愛情の愛、でもある」

宝石のように美しい青い瞳をした仔猫の姿から、まずは連想したらしい。可愛いし似合いじゃないか？　と言われて、帯刀は情人の腕に抱かれた猫に視線を落とす。

「そうかもな」

「感動が薄いな」

相変わらずクールだ、と東條は笑った。

だが、腕のなかの白猫がソワソワしはじめて、おや？　と視線を落とす。

「どうした？」

「いや……」

これはたぶん…と呟く。東條の反応を見て、帯刀はそれに思い至った。

すっくと立ち上がって、すばやく室内に視線を巡らせ、ひとまずバスルームの棚からタオルを持ち出す。それから何か空き箱と、砂のかわりに使えるものはないだろうかと思案に暮れた。だが、そもそも物の少ないこの部屋には、無駄なものや余分なものなど皆無だ。

早くしないと、仔猫がおもらしをしてしまう。

そんなお行儀の悪いことはさせられない。屋敷ではちゃんとしているのだから。

優秀な頭脳と聡明《そうめい》な判断力を持つ帯刀をもってしても、判断のつかないことはこの世に存在する。知識として知っていても、仔猫の世話は舎弟に任せているために、咄嗟《とっさ》の判断がつかなかった。

それを救ったのは、もはやこの世で唯一、彼を名前で呼ぶ男。

「俊己《としき》」

鼓膜に届いた声が、帯刀の思考を復活させる。声のしたほうへ足を向ければ、そこはトイレだった。

怪訝に思いつつも、開け放たれたままのドアから顔をのぞかせる。果たして涼やかな眼差しはこれ以上ないほどに見開かれ、やや遅して、その口許に刻まれる笑み。やわらかなそれは、彼の一番近い場所に踏み込むことを許された男の目にも新鮮に映るほどのものだった。

帯刀が何を目撃したのかと言えば、トイレの便座にちょこんと座って、長い尻尾《しっぽ》をピンと立て、用を足す白猫の姿。賢い猫は、いったいどこで覚えたのか、人間用のトイレで上手に用足しをしていたのだ。

終えたタイミングを見計らって、東條がトイレットペーパーで足を拭《ふ》いてやる。許しをもらった白猫は、ぴょんと降りて、帯刀の足に擦り寄った。誉めてもらえると思ったのかもしれない。

下から見上げる瞳とかち合う。

手を伸ばしかけてはたと我に返った帯刀は、仔猫と男を残して踵《きびす》を返した。何かを振り切るように、大股にその場を離れる。

ゆったりと追いかけてくる足音。それにつづく、小さな気配。

リビングで捕まって、リーチの長い腕に背後から拘束される。仔猫は、つい先ほどまで帯刀が腰を下ろしていたソファに飛び乗って、残った体温を追うようにクッションの上で丸くなった。その健気《けなげ》な姿が、帯刀の眉間に深い皺を刻ませる。

「時間がないんだ」

耳朶《じだ》にささやく熱っぽい声。

もう仕事は終わったんだろう？　と、問う。仔猫は手がかからないことがわかったし、そろそろその瞳に自分を映せ、と請う掠《かす》れた声と、着衣の上から肌をまさぐる大きな手。

襟元が肌蹴られ、首筋に落ちる唇。

次の約束のない情事は、甘さを帯びることもなく欲望の赴くままにはじまる。

まだ生きている。それを確認するだけの行為なのかもしれないとときおり考える。

抱き合う理由などなくていい。

そこに意味が生まれてしまうから。


翌朝。帯刀が目覚めたときに、東條の姿はすでになかった。気配も温度もない。

かわりに、白くて丸いものがベッドの隣に寝ていた。丸くなった仔猫だった。

帯刀が起きたのに気づいて、むくりと起き上がる。そして、毛づくろいをはじめた。それに満足すると、帯刀の懐に入り込もうとする。

シーツをまとった素肌を撫でる、やわらかな毛の感触。

しばしの躊躇。

昨夜の熱など微塵《みじん》も残さない冷えた瞳に映る、懸命な命。青い瞳はまっすぐに、帯刀を映している。

そっと仔猫に手をさしのべる。

「みゃう！」

嬉《うれ》しそうにひと鳴きして、仔猫は帯刀の腕に抱かれた。

温かかった。

生きるものの、熱い血の温《ぬく》もりだ。

命の温度。

「あい」

思いついて、呼んでみる。

「みゃあ！」

白い猫はまるで返事をするかのように鳴いた。

嬉しいのか、長い尻尾をふわりと揺らす。

「おまえが気に入ったのならいいだろう」

舎弟たちが適当に呼んでいたときには、こんなふうに鳴くのを聞いたことはない。

呼ばれる当人がそれでいいのならかまわないだろう。そう思っただけのこと。気配すら残さず消えた男の言葉が、耳に残っているからではない。仔猫の健気さに、絆《ほだ》されたためでもない。

白猫は、帯刀の腕のなかでウトウトと目を細めはじめる。可愛らしいと、思う感情はたしかにある。

それでも、この部屋で飼おうという気にはならなかった。

ここは、いつ放置されるかもしれない空間だ。

自分の存在が消えれば、意味をなさなくなる場所。そんな場所に、人間の庇護《ひご》なくして生きられない、小さな命を置いておくことはできない。

だが那珂川《なかがわ》の屋敷なら、かならず誰かがいてくれる。

ベッドを出て、朝の準備を整える。

貴彬《たかあき》より早くに出社して、しておかなければならないことが、帯刀には山ほどあるのだ。

支度の最後、昨夜持ち帰ったキャリーバッグを開けば、賢い猫はその意味を察して、ぴょんっとなかに入ってうずくまる。その素直さが、少し痛々しい。

しばしの思案ののち、帯刀は仔猫をキャリーバッグから出してその腕に抱き上げた。スーツに毛がつくのも厭《いと》わず白猫を肩に抱いた格好で、バッグを手にマンションをでる。

やわらかな毛が頬《ほお》を撫でる。

ざらついた小さな舌が耳朶を舐《な》めるくすぐったさ。

肩に乗るのは、温かい命の重み。

そんなものは、理屈として知っていればいいだけのものだった。この手で、肌で、知る必要のないものだった。

自分に仔猫を押しつけようとしたときの、史世《あやせ》の表情が脳裏を過《よぎ》る。

あの大きな猫目が見据えるものを、改めて怖いと感じる。同時に、頼もしさと安堵《あんど》も。

だからこそ、知りたくはなかった。心を引きずられる感覚。生きることの重さなど、とうに忘れたはずだったのに。

「恨みますよ、史世さん」

力なく、呟く声。

冷えた瞳に過る苦さ。

それこそが、忘れたままでいたかった、感情の揺らぎにほかならない。

閑話
—Curiosiey killed the cat—

ドアにCLOSEDのプレートを出したあとも、店内にはコーヒーの香りが濃く満ちている。

空間に染みついた芳しいアロマは、この店が開店から今日までに積み重ねた年月を物語り、それは同時に、ここでひとときの安らぎを得ていく人の数にも比例する。

この店のマスターとして腕をふるう河原崎《かわらざき》が、代替わりに絡む経緯から黒龍会を除籍になって、まだ片手ほどの年月にしかならない。だというのに、やけに長い時間がすぎたように感じるのは、その時間経過を間近で知らしめる少年の成長が著しいからだ。

少年が青年へと成長を遂げる時間の流れは、大人のそれとはまるで違う。ゆえに見守る側の目に、流れる時間をより早く、より長く、感じさせるのだ。

閉店後の片付けもほぼ終わったころ、店のドアベルが鳴って、姿を現したのは、タイトミニの華やかなスーツを身につけた、目を惹《ひ》く容貌《ようぼう》の女性だった。

肩のあたりで切りそろえられたボブヘアと、意志の強さを感じさせるくっきりとした眉《まゆ》、黒目がちな瞳《ひとみ》。一見、水商売に従事するように見えなくもないが、聡明すぎる眼差《まなざ》しがそれを否定する。

ヒールを鳴らして店内を横切り、定位置に腰を下ろす。カウンター席の、一番奥だ。そしてスラリとした足を組む。幼いころから武道を嗜《たしな》んできただけあって、ひとつひとつの動きが実に美しい。

「いらっしゃいませ」

「何か食べさせてもらえるかしら」

河原崎の言葉に短い要望を返して、バッグから煙草《たばこ》を取り出す。だが、すぐにあることに気づいて、ため息をつきつつ、それをバッグに戻した。

健康増進法の施行にともない受動喫煙の防止が謳《うた》われるようになって、公共性の高い施設のみならず、飲食店においても禁煙と分煙の意思表示を求められるようになった。以前は禁煙席と喫煙席をわけていたこの店も、いまは全席禁煙となっている。

「これを機におやめになられては？」

「それほどヘビーじゃないわ。息抜きくらいさせてくれてもいいでしょう」

ほかにストレスの発散法があるのなら教えてほしいと、ウンザリと言って肩を竦《すく》めてみせる。

官僚の世界はただでさえ男社会だ。それが警察官僚ともなればなおのこと。女性が生き抜いていくのは容易なことではない。ここへ足を運ぶのも、実は危険な行為だ。些細《ささい》なことが、足を掬《すく》う世界なのだから。

それでも、情報収集という名目で、彼女――安曇野《あずみの》茅浪《ちなみ》はあしげくこの店にやってくる。

そもそもは、河原崎が黒龍会の中枢に籍を置いていた当時からの付き合いだ。極道者と所轄署での研修期間をすごす新人キャリアという、相容《あいい》れぬ者同士として、ふたりは出会った。もうずいぶんと昔のことのように思える。

「弟さん、無事に合格されてよかったですね」

この春、彼女が母親代わりになって育てた弟が、無事に大学に合格した。これで少しは肩の荷が下りたことだろう。

「色ボケしてても、やるべきことはそれなりにやってたみたいね」

可愛《かわい》い恋人ができて、その彼に夢中になって学生の本分を忘れているのではと心配していたが、それほど馬鹿《ばか》ではなかったようだと、なかなかに辛辣《しんらつ》な評。

「厳しいですね。——どうぞ」

軽食をつくる時間をかせぐために、まずは食前のコーヒーを出す。彼女のためのブレンドは、彼女以外の誰《だれ》の口にも入らない。

「仔猫《こねこ》ちゃんが連れてた医者、日本を発《た》ったそうね」

ずいぶん厄介な事件を持ち込んでたみたいだけど…と、コーヒーを口に運びながら、今晩ここへやってきた目的だろうか、端的な質問を寄こした。

少し前に、史世《あやせ》が連れてきた医者のことだ。あの日、彼女は偶然店に居合わせて、ふたりのやりとりを聞いている。それもあって、その後の事件について、河原崎に意見を求めているのだ。

「それは警視としてのご質問ですか、それともあなた個人の興味でしょうか？」

手を動かしながら言葉を返せば、

「そうね……どちらもかしら」

実に都合のいい言葉が返された。だが、そう言いたくなる気持ちもわからなくはないと、河原崎は小さく笑う。

「彼が事件を呼び寄せているわけではないでしょう。ただ、見なくていいものまで見えてしまうから、素通りができなくなる」

そういうことだと思いますよ、と見解を述べれば、茅浪は「そうね」と頷《うなず》いた。

「弟さんたちに火の粉が降りかかる心配はないでしょう。彼は、あちらの世界とこちらの世界の線引きを心得ていますから」

茅浪の弟と、史世が目のなかに入れても痛くないほどに可愛がっている幼馴染《おさななじみ》とが、愛し愛される関係にある事実。世界は広いようで狭く、人間関係は思いがけないところで繋がっている。

「そんな心配はしてないわ。藺《ゆ》生《う》ちゃんがいる限り、あの子は絶対にこちらとあちらを繋いだりしない」

可愛い幼馴染に平穏な人生を歩ませるために、史世は何があっても、闇《やみ》の世界と表の世界を繋ぐようなことはしない。

「では、何を憂えておいでです？」

「何も。ただ……」

言い淀《よど》む言葉の先を、河原崎は静かに促す。

「たんなる興味よ。ああいう特別な存在は、何かしらの意味があって、この世に遣わされてるんじゃないか、って」

「あなたがそんなに信心深いとは存じませんでした」

「そんなことを言いたくなるくらい、不思議だってことよ」

それには同感だと頷いて、盛りつけた賄《まかな》い料理をカウンターに出す。茅浪がフォークを取り上げたことで、先の話題はいったんお開きになった。

分厚く切ったチーズとハムを挟んだサンドイッチと、グリーンサラダ、根菜のポタージュ。コーヒーのおかわりを注いで、どうぞと促す。

自分にもコーヒーを淹《い》れて、それを口に運びつつ、河原崎は茅浪に火の粉が降りかかることがあるかもしれないと憂慮する話題を持ち出した。

「あなたの同僚の、藤城《ふじき》警視でしたか……それとなく忠告をなされたほうがよろしいかと思いますよ。ずいぶんと危険な橋を渡られているようです」

ポタージュを掬う手をとめて、茅浪はため息をひとつ。

「言って聞くやつじゃないわね」

安っぽい正義感と、笑い飛ばせればいいけれど、その範疇《はんちゅう》をすでに大きく逸脱しているから手に負えない。警察機構のサラブレッドでありながら、組織の腐敗を憂う同期のやり方を、茅浪はそう評してみせた。

「偽装結婚の相手にいいかしらって思ってたんだけど、お上品そうな顔して無茶もはなはだしいから、早々に候補から外したわ」

向こうは部下とデキているし、自分は危険を承知でこの店の常連になっている。互いにメリットもあるし、いい考えだと思ったのだけれど…と、飄々《ひょうひょう》と言う。

「そんなことを考えてらっしゃったのですか」

苦笑を零《こぼ》しつつ、いささか大げさに驚いてみせれば、

「そうよ。妬《や》ける？」

真っ赤なルージュのひかれた唇が、面白そうに口角を上げた。

賄いを半分ほど胃におさめたところで、バッグのなかから携帯電話の着信音が届く。相手を確認して、茅浪はそれに応じた。

「――わかりました。すぐに対応を――、――はい」

了解しましたと、通話を切る。

昼も夜もないのが官僚の世界だ。彼女が直々に指揮をとりに出て行かなくてはならない事件が起きたらしい。

だが、何があったのかと、河原崎は聞かない。茅浪も何も言わない。

コーヒーを飲み干して、「ごちそうさま」と腰を上げる。

店内を横切るヒールの音と、ドアベル。それがすっかり空《くう》に散って消えたころ、再び店のドアが開く。

「いらっしゃいませ」

カウンターの奥の席を片付けながら、河原崎は遅い時間にやってきたふたり連れを定位置へと促した。

「おふたりそろっておいでになるのは久しぶりですね」

「なかなか自由に動けなくてな」

「怖い秘書が目を光らせていますからね」

河原崎の指摘に、貴彬《たかあき》は「まったくだ」と微苦笑を零す。

貴彬と言葉を交わす河原崎の視界の端で、史世の大きな猫目が、カウンターの奥をチラリと捉えるのが映った。

その鋭さに胸中で感嘆を唱えつつも、河原崎は何食わぬ顔でコーヒーの用意に取りかかる。

史世にはスイーツも出さなくては。茅浪が仔猫ちゃんと称した少年――いや、もはや青年だが――は、甘いものが大好物なのだ。

「面白い話、聞かせてよ」

吸い込まれそうに大きな瞳が、いくばくかの愉快さを滲《にじ》ませて、河原崎を捉える。

「さあ。史世さんにご満足いただけるようなネタがありましたかどうか……」

大人の狡《ずる》さで誤魔化しつつ、美しくプレーティングしたスイーツの皿をカウンターへ。淹れたてのコーヒーの香りが静かな店内に広がれば、強い光を宿す猫目もいくらかゆるむ。

――『たんなる興味よ』

茅浪の言葉が鼓膜に蘇《よみがえ》る。

好奇心は猫をも殺す《Curiosity killed the cat》と言われる。だが彼女が抱く好奇心は、猫に殺されかねない、危険なものだ。

それでも、目を離せない気持ちはわかる。

満足げにタルトを口に運ぶ美しい青年の目には、長く任侠界を見てきた河原崎の目にも、彼の隣でゆったりとコーヒーを味わう男の目にも、映らぬものが見えているのだろう。

それを見てみたいと、愚《おろ》かな好奇心に駆《か》られた者たちが辿る道筋は、はたしてどこへ通じているのか。

それこそを知りたくて、自分はここでこうしているのかもしれないと、強面《こわもて》の男は、その瞳にやわらかな光を宿して、いまは年相応の表情を浮かべる赤毛の美青年をうかがった。

あとがき

こんにちは、妃川螢《ひめかわほたる》です。拙作をお手にとっていただき、ありがとうございます。

前作から少し間が空いてしまいましたが、シリーズ新作をお届けできてとても嬉しいです。キャラたちが、やっとひとつ進級しました。その間に作者のほうがそうとう年齢を重ねてしまったために（汗）、気力体力不足を痛感する今日このごろです。とくに史世《あやせ》を書くのは、気力体力をえらく消耗するもので……。

前作で組織間の問題にひとまずのカタがついたので、やっと帯刀《たてわき》にスポットライトを当てることができたのですが、それゆえさらに厄介な事態に……帯刀は史世以上に面倒なキャラなので、本当に難しいです。

東條《とうじょう》が絡んでくると、事件が任侠界におさまらないものになってくるので、大風呂敷すぎて書く側もちょっと躊躇してしまうのですが、そもそもヤクザモノのつもりもないシリーズなので、たまにはこんなネタもあっていいかな…と。

でも、帯刀と仔猫のからみを書くのはとても楽しいです。年明けのフェア用に、前作と今作の隙間の短編を書かせていただいたので、それをお読みいただいた方はおわかりかと思うのですが、仔猫を抱けない帯刀とそれをうかがう史世の、あの短編があってこその今回の巻末短編に至るわけです。今後、帯刀がどう変わっていくかも、折に触れて書けたらいいなぁと思っています。

そんな意図もあって、仔猫たちの成長スピードが現実にありえないほど遅いですが、その点はフィクションということでご容赦を。でも可愛いからいいですよね？（笑）

イラストを担当していただきました実相寺《じっそうじ》紫子《ゆかりこ》先生、今回も大変お忙しいなか、本当にありがとうございました（ペコリ）。

桜って、なんともいえず妖艶な花だと思っているのですが、その耽美さにどっぷりと浸かれる表紙イラストにはクラクラしました。茶々丸《ちゃちゃまる》の腹枕にも爆笑です。

帯刀がらみでもう一作くらい書きたいと思っていますので、まだしばらくのお付き合いを、どうぞよろしくお願いいたします。

最後に告知関係を少々。妃川の活動情報に関しては、ＨＰの案内をご覧ください。

http://himekawa.sakura.ne.jp/　（※ケータイ対応）

編集部経由でいただいたお手紙には、情報ペーパーを兼ねたお返事を、少々お時間をいただいてしまいますがお返ししています。皆さまのお声が次作に繋がりますので、ご意見ご感想など、お気軽にお聞かせいただけると嬉しいです。

それでは、また。どこかでお会いしましょう。

二〇一一年五月吉日　妃川螢

シリーズ既刊大好評発売中

Sweet Side『甘い口づけ』

story

メガネの下に清楚な美貌を隠した優等生の篁蘭生は、幼なじみの願いで生徒会長となる。会長の仕事を順調に始めた蘭生だったが、運動部長の安曇野紘輝だけがことあるごとに噛みついてきた。そんなある日、安曇野と揉めた蘭生は、生徒会室で突然押し倒され、犯されてしまう。しかし、自分を嫌っているはずの安曇野の手は、ことのほか優しくて——!?　『甘い束縛』を同時収録のうえ、オマケショートつき!!

Sweet Side『カラダからつたわる』

story

失恋の傷を癒せず、鬱屈を抱えたまま、夜遊びを繰り返す美貌の高校生·池上和希。ナンパしてきた男と揉めているところを、成績優秀だが素行不良の後輩·瑞沢嵐に見られてしまう。学校では副会長を務め、優等生で通っていた和希は、それをネタに脅され、「可愛い」と囁く嵐に口づけられる。動揺する和希だったが、ある夜、男に襲われたところを偶然助けてくれた嵐に抱かれてしまい——!?　書き下ろしショートと人気カップルの短編集『甘い誓約』も収録。

Cold Side『奪われる唇』

story

出会ったその日に強引に抱かれ、オンナにされてしまった凄艶な美貌の花邑史世。彼をモノにしたのは、その世界では全国に名を馳せる黒龍会総長の嫡男·那珂川貴彬だった。本物の危険を背負い、一回り近くも年の離れた貴彬が見せる子供のような独占欲に、史世は翻弄されながらも惹かれていく。そんな中、貴彬の父が銃撃され、組織が跡目問題に揺れている隙に史世が拉致されてしまい——!?　『拘われる眸』を同時収録のうえ、オマケショートつき!!

Cold Side『共依存』

story

高校三年生の花邑史世は、ある事件に巻き込まれて記憶を失い、性格が180度変わってしまう。以前とはうってかわり庇護欲をそそる史世の姿に、恋人であり黒龍会三代目総長の那珂川貴彬は喜々として世話をやく。しかし、普段史世が一切表に出さなかったトラウマに気づき、心を痛める。そんなある日、一瞬記憶が戻りかけた史世は事件の真相に気づき、友人に危険を知らせるため家を抜け出すが…。

シリーズ既刊案内

大好評発売中

『盟約の連鎖』

跡目問題に揺れる九条一家。先代組長の嫡男である周にとって、幼馴染みにして親友、そして部下でもある勇誠は唯一無二の存在だった。周は、すべてを捧げ影のように付き従う彼と共に亡き父の跡を継ぐと信じていた。だが、勇誠の突然の裏切りにより、罠に堕ちた周は囚われ、監禁されてしまう。態度を急変させた勇誠に、陵辱されてしまった周は…。

書き下ろし掌編他、極道の幹部・九頭見×エリート検察官・天瀬の『無言の恋咎』も同時収録！

Cold Side

『連理の緤《きずな》』

極統会と通じていた警察官が殺害され、参考人として三代目黒龍会総長である那珂川貴彬が、警察に拘束されてしまった。貴彬の恋人である花邑史世は、事件にきな臭いものを感じ、裏を探ろうとする。そんな中、黒龍会の主要メンバーが次々と襲われてしまう。仲間との絆を感じはじめていた矢先の出来事に、史世は彼らを守るため、立ち上がるが…。

元特殊部隊勤務・宇佐美×敏腕キャリア警察官・藤城の書き下ろし掌編『岐路』も同時収録!!

Cold Side

この本を読んでの
ご意見・ご感想を
お寄せ下さい。

〒151-0051
東京都渋谷区千駄ヶ谷4-9-7
(株)幻冬舎コミックス　小説リンクス編集部
「妃川《ひめかわ》 螢《ほたる》先生」係／「実相寺《じっそうじ》紫子《ゆかりこ》先生」係

リンクス ロマンス

境涯の枷

2011年5月31日　第1刷発行

著者……………妃川《ひめかわ》 螢《ほたる》
発行人…………伊藤嘉彦
発行元…………株式会社　幻冬舎コミックス
〒151-0051　東京都渋谷区千駄ヶ谷4-9-7
TEL 03-5411-6434（編集）
発売元…………株式会社　幻冬舎
〒151-0051　東京都渋谷区千駄ヶ谷4-9-7
TEL 03-5411-6222（営業）
振替00120-8-767643
印刷・製本所…共同印刷株式会社
検印廃止

ISBN978-4-344-82192-7 C0293
Printed in Japan

幻冬舎コミックスホームページ　http://www.gentosha-comics.net